Ingrid van der Vlis

Doorgeven

Het verhaal van een Groninings verzetsgezin

Profiel

Colofon

Uitgave: Uitgeverij Profiel
Postbus 7, 9780 AA Bedum
tel. 050-3012144
info@profiel.nl
www.profiel.nl

Auteur: Ingrid van der Vlis

Vormgeving: NoordPRoof Producties, Bedum
Druk Scholma Druk bv, Bedum
Binder Boekbinderij Abbringh, Groningen

Deze uitgave werd mede mogelijk gemaakt dankzij financiële bijdragen van:
Beeldentuin Witharen, Thea Dijkema en Louis van Vilsteren, www.atelierwitharen.nl
Lotus Uitvaartverzorging en Begeleiding
SNS Fonds Eemsmond
Stichting J.B. Scholtenfonds
Prins Bernhard Cultuurfonds
Huis van de Groninger Cultuur

ISBN 978 90 5294 558 3

Inhoudsopgave

Woord vooraf

"Siddeburen kan met fierheid en grote dankbaarheid terugzien eens één der grootsten als inwoner gehad te hebben." Het citaat komt uit een boek over de geschiedenis van de gemeente Slochteren tijdens de Tweede Wereldoorlog en het doelt op Reint Dijkema.[1] De student medicijnen die na het uitbreken van de oorlog bijna vanzelf in het Groninger verzet rolde en dat uiteindelijk met zijn dood moest bekopen. Het bestuur van de historische vereniging Bie t Schildt uit Siddeburen verzocht het gemeentebestuur enige jaren geleden een straat naar hem te vernoemen. Het straatnaambord van de Reint Dijkemastraat werd in 2005 met gepaste feestelijkheden onthuld.

Evert Jager was tezelfdertijd naar aanleiding hiervan en in overleg met Marja Dijkema gestart met een reeks artikelen over haar oom Reint Dijkema (1920-1944), gepubliceerd in het verenigingsblad *Bie t Schildt*. Hij kon daarbij putten uit het rijke familiearchief dat voor een deel bewaard was in het bureautje van Ina Knottnerus, de verloofde van Reint. Tijdens het onderzoek kwam steeds duidelijker naar voren dat het hele gezin Dijkema bekend stond als 'verzetsfamilie'. Niet alleen Reint had het nodige werk verricht, zijn moeder, broers en zussen stonden bijna al die tijd aan zijn zijde. Broers Piet en Klaas Simon vormden zelfs samen met Reint de kern van een eigen knokploeg: KP Remco, ook wel KP Dijkema genoemd. Het betrof duidelijk geen soloactie. Alle gezinsleden werkten mee aan de illegale activiteiten, of hadden er in ieder geval weet van. Dat riep andere vragen op. Hoe vond dat verzet in gezinsverband plaats? Het citaat in het geschiedenisboek is niet mis te verstaan: Reint was een held. Waren de andere gezinsleden dat dan ook, en wat was hun aandeel nu precies geweest?

De familie praatte aanvankelijk weinig over de oorlog. Het verdriet over de dood van Reint en de omgekomen vrienden die met hen samenwerkten, was groot. De gezinsleden waren ook nog eens wars van heldenverering en na 1945 moest er vooral vooruit gekeken worden. Het verzet was een noodzakelijk kwaad geweest, daarop mocht je je niet laten voorstaan. Een deel van het gezin Dijkema verhuisde naar Canada, een ander deel bleef in Nederland. Zo uiteenlopend gingen de gezinsleden ook met het oorlogsverleden om. De een stopte het weg en wilde er niet meer over praten, de ander bleef er juist zijn of haar hele leven mee bezig. Ook de volgende generatie kampte met gemengde gevoelens. De oorlog hadden zij niet meegemaakt, maar deze was wel altijd op enige manier aanwezig geweest. Omdat er niet, of omdat er juist wel over gesproken werd. Hun ouders wuifden het vaak weg als onbelangrijk, hoewel toch bleek dat sommige mechanismes in gezinnen beter te verklaren waren met kennis over wat er in de oorlog was gebeurd en welke rol iedereen daarin had gespeeld. Mocht je daarnaar op zoek gaan?

Voor iedereen in de familie een bekend portret: Reint Dijkema, 1943.

Siddeburen, de voormalige woonplaats van de familie Dijkema, 2005.

De cirkel was rond toen er enkele jaren geleden in Canada een uitgebreid verslag van Piet Dijkema opdook, bestemd voor het provinciaal gedenkboek dat kort na de oorlog verscheen. Hierin beschreef hij nauwgezet de verschillende verzetsactiviteiten, gepleegd door diverse leden van het gezin. Niet om erover op te scheppen, wel om klaarheid te brengen. Twijfels die er nog leefden over de wenselijkheid van het opschrijven van deze familiegeschiedenis konden hiermee weggenomen worden. Ook de broers Dijkema zelf hadden aanvankelijk van hun daden verslag gedaan. Zij hebben het niet bewust weg willen stoppen, maar zagen er in hun latere leven het nut niet van in om er over door te blijven praten. Het was het sein voor Marja Dijkema om een langgekoesterde wens uit te voeren.

Met als uitgangspunt de artikelen van Evert Jager, die de voltooiing van dit project helaas niet meer heeft kunnen meemaken, zou er een volwaardig boek verschijnen. Een historisch verantwoord verslag op basis van de aantekeningen van Piet Dijkema, aangevuld met officiële documenten en persoonlijke herinneringen. Voor mij als historicus en als kleindochter van Piet Dijkema was het een eer om dit boek te mogen schrijven. Een boek om het familieverhaal aan de volgende generaties door te geven. Doorgeven met een dubbele betekenis, omdat juist het verspreiden van de illegale A4'tjes *Doorgeven* in de oorlogsjaren een verzetsdaad was waaraan vrijwel het hele gezin Dijkema meewerkte.

Het verhaal had overigens niet verteld kunnen worden zonder de bewaarlust van verschillende familieleden. Ina Knottnerus, de verloofde van Reint, was de eerste die consequent alles verzamelde wat er over het Groninger verzet verscheen. Haar bekommernis was uiteraard directer van aard dan die van de tweede generatie. Ook daar stonden echter verzamelaars op. Naamgenoot en neef Reint Dijkema nam de fascinatie voor de oorlog van zijn vader Albartus Dijkema over. In het gezin van Piet Dijkema verslond dochter Elske C. van der Vlis-Dijkema van kinds af aan alles over de oorlogsjaren. Het is aan haar te danken dat Ina haar collectie niet heeft vernietigd vlak voordat ze overleed. Haar zus Thea Dijkema zorgde er tien jaar geleden voor dat veel persoonlijke herinneringen op papier werden vastgelegd, toen zij zelf op zoek ging naar antwoorden betreffende haar te vroeg overleden vader. Marja Dijkema tot slot was degene die alle eindjes bij elkaar nam en ervoor zorgde dat de gegevens niet louter in een familiearchief bleven liggen. Zij was ook de drijvende kracht achter de Engelse vertaling, opdat het verhaal ook aan de Canadese neven en nichten kan worden doorgegeven.

Naast collega-historicus Monique Brinks hebben juist deze familieleden geholpen door het nalezen van verschillende versies van het boek zoals het er nu ligt. Als auteur kan ik alleen maar heel dankbaar zijn voor zoveel betrokkenheid. Het is hiermee werkelijk een familieboek geworden: het verhaal van een familie, maar meer nog een verhaal door een familie.

Ina Knottnerus, van jongs af aan al de verkering van Reint.

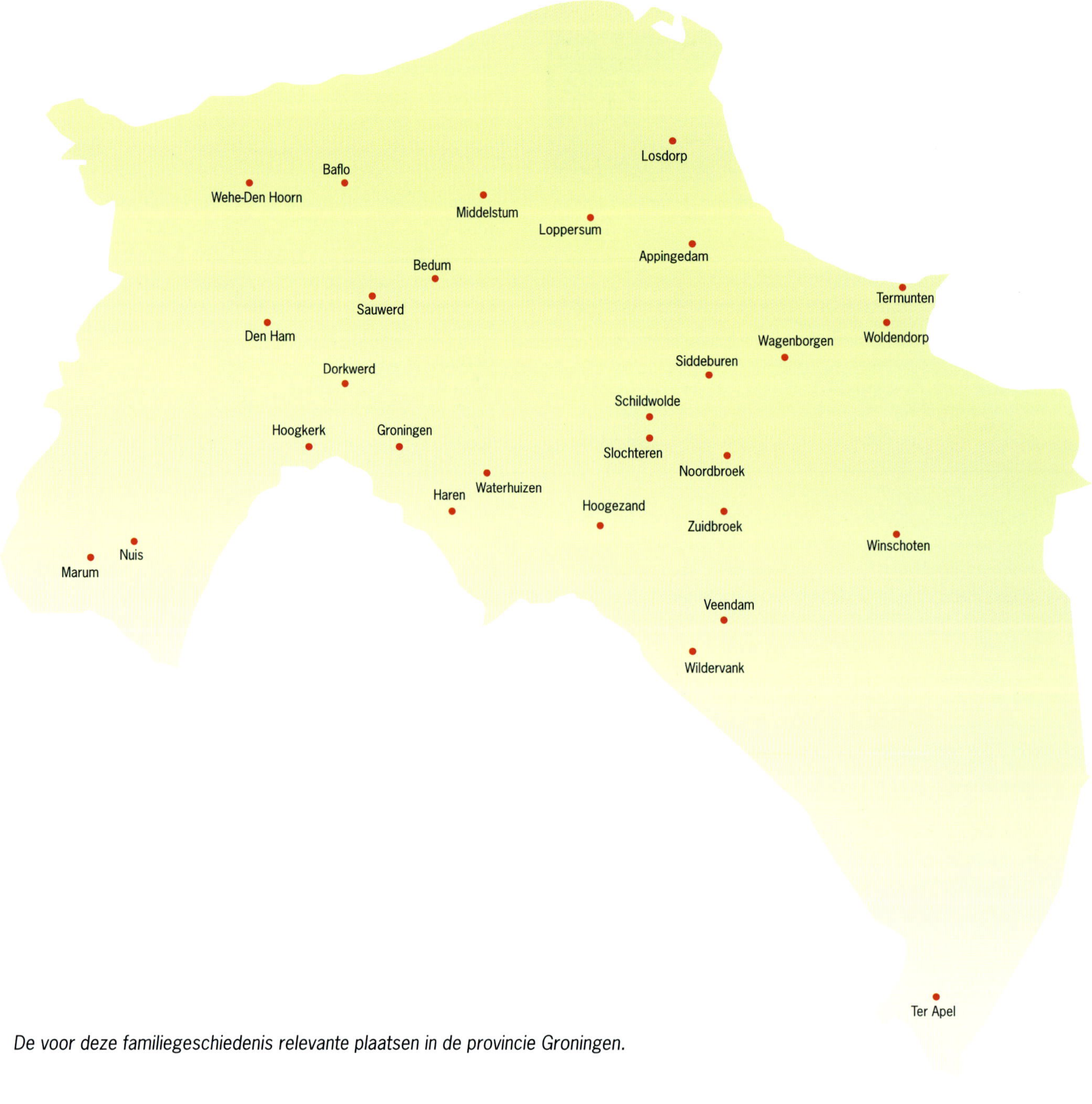

De voor deze familiegeschiedenis relevante plaatsen in de provincie Groningen.

Doktersgezin Dijkema

Huisarts Klaas Dijkema kocht in 1926 de Siddebuurster praktijk van dokter J.W. Napius. Het was een dure praktijk waarvoor hij een grote lening moest afsluiten, tegen – achteraf bezien – een te hoge rente. Desalniettemin verhuisde dokter Dijkema vanuit Smilde, en nam hij zijn echtgenote Elske Catharina Dijkema-Riepma mee. Beide echtelieden waren opgegroeid op een he-

Het geboortehuis van Reint, Piet, Albartus, Klaas Simon en Jantje in Smilde.

Dokter Klaas Dijkema en Elske Catharina Dijkema-Riepma.

renboerderij en een zeker standsbesef speelde in deze keuze mee. Hun gezin telde vijf jonge kinderen: Reint, Piet, Albartus, Klaas Simon en Jantje. In Siddeburen kwamen Simon Albert en Martje daar nog bij.[1]

Oudste zoon Reint kon na de verhuizing met zijn zes jaar meteen naar de eerste klas van de christelijke lagere school in Siddeburen, in de jaren daarna gevolgd door zijn broertjes en zusjes. Hij bleek een intelligente leerling te zijn, maar stond ook bekend als een impulsieve en soms driftige jongen. Op jonge leeftijd toetste hij een Bijbelverhaal dat zijn moeder hem vertelde. Het ging om de profeet Elisa, die een bijl in het water liet vallen. Na het werpen van een stuk hout kwam de bijl vanzelf boven drijven. Reint smeet een bijl in het water en riep Piet erbij om te laten zien wat er gebeurde als hij er een stuk hout bij gooide. De bijl kwam niet boven drijven, waarop hij zijn moeder liet weten: "Dat verhaal,

Vader en moeder Dijkema met hun eerste kind, Reint, 1920.

daar klopt niets van." Er werd nog weleens geruzied en gevochten, vooral door Reint en de eveneens makkelijk ontvlambare jongere broer Klaas Simon. Reint gooide Klaas Simon eens een mok naar zijn hoofd, wat hem een tand kostte. Piet die er qua leeftijd tussenin zat, sprong er ook vaak letterlijk tussenin. Hij suste de boel.

Ondanks de kleine schermutselingen stonden de Dijkema's bekend als een harmonieus en godvruchtig gezin. Moeder had tijd en aandacht voor haar zeven kinderen, want veel huishoudelijk werk werd door de interne hulpen gedaan. Vriendjes en vriendinnetjes waren altijd welkom. De lange brede gang in het grote doktershuis en de diepe achtertuin fungeerden als speelplaats, de bomen als uitkijkpost. Moeder Dijkema bracht 's avonds de jongsten naar bed en controleerde of de oudsten tussen de lakens lagen. 's Avonds laat deed vader Dijkema de ronde langs het slapend kroost. Als er naast zijn dokterswerk tijd over was, liet hij de kinderen weleens proefjes doen in de apotheek of legde hij uit hoe de motor in elkaar stak, indertijd nog een vrij nieuwerwetse vinding maar onontbeerlijk voor een arts met een uitgestrekte praktijk. Door zijn klompvoet kon vader Dijkema lastig autorijden; motorrijden ging hem beter af. Hij had er meestal meerdere in de schuur staan omdat er altijd wel een kapot was. De jongens leefden zich er graag op uit.

Reint werd geboren in Smilde, maar zou het grootste deel van zijn jeugd in Siddeburen doorbrengen, 1922.

Vier broers en een eerste zusje: Reint, Piet, Albartus, Klaas Simon en Jantje, 1926.

Het gezin Dijkema was lid van de plaatselijke gereformeerde kerk. De kinderen gingen vanaf hun twaalfde jaar naar catechisatie bij dominee J. Los en namen deel aan het kerkelijk jeugdwerk. Iedere zondag bezochten zij de kerk, vaak twee keer per dag. Het doktersgezin had er een eigen kerkbank. Na afloop van de preek nam het hele gezin alles nog eens door, en uiteindelijk kreeg de dominee van iedereen een cijfer, tussen de 4 en de 9. 's Avonds zongen ze bij het orgel, dat bespeeld werd door moeder Dijkema.

Na de lagere school waaierden de kinderen uit. Reint, Albartus en Klaas Simon reisden per Woldjerspoor dagelijks naar de Christelijke HBS aan de Grote Rozenstraat in Groningen. Piet vertrok naar de Ambachtsschool in Appingedam. Amper achttien jaar oud schreef Reint zich in voor de studie medicijnen aan de Rijksuniversiteit; net als zijn vader wilde hij arts worden. Reint huurde een kamer in Groningen en werd lid van de protestants-christelijke studentenvereniging VERA. Vaak was hij het weekend in Siddeburen bij Ina Knottnerus, zijn eerste en enige grote liefde. Ina woonde met haar zus Wil en haar ouders Annie Dijksterhuis en Otto Knottnerus even verderop op een grote boerderij in 't Loug, boerderij Traas. Al vanaf de zesde klas waren de twee onafscheidelijk geweest. Evert Jager: "Mijn moeder, die in de eerste helft van de jaren '30 naaide voor de familie Dijkema en wel eens als oppas fungeerde, kreeg keer op keer de instructie: 'Reint mag niet naar Ina!' Verliefde mensen zijn echter vindingrijk. Een dakgoot en een regenpijp boden uitkomst."[2]

Het gelukkige beeld gold ook de andere kinderen van het gezin. Er was ruimte om te doen en laten wat zij

Een onbezorgde jeugd voor de kinderen Dijkema in de doktérs-praktijk te Siddeburen, het geboortehuis van Simon Albert en Martje.

Klaas Simon, 1932.

wilden, zolang zij maar op de gereformeerde gebaande paden bleven. Daar hadden ze allen geen bezwaar tegen.

Aan het eind van de jaren '30 doemden er problemen op. Dokter Dijkema kreeg in 1939 een hartaanval. De praktijk werd voor enige tijd waargenomen door de onlangs afgestudeerde dokter H. Simonides, die zich zeer op zijn gemak voelde in de Siddebuurster praktijk met dat drukke jongensgezin.[3] Aangezien er nog grote schulden op de dokterspraktijk rustten, ging Dijkema ook zelf weer snel aan het werk. Naar verluidt tobde hij zeer over de financiële problemen en was hij daar uiterst somber onder. Leningen waren nodig om in het levensonderhoud te voorzien en om de studiekosten van de kinderen te betalen. Het doktersgezin had ook in het dorp een status hoog te houden. Dijkema vertaalde de zorgen overigens niet naar zijn patiënten. Samen met een collega-arts richtte hij een ziekenfonds op, in een tijd dat dergelijke voorzieningen van overheidswege nog niet bestonden. Fondspatiënten of volledig

De kinderschaar compleet. Achter: Piet, Klaas-Simon, Albartus en Reint. Voor: Jantje, Martje en Simon Albert.

Vader en moeder Dijkema met hun vijf jongste kinderen Albartus (staand), Klaas Simon, Martje, Jantje en Simon Albert.

betalende patiënten, ieder kreeg de medicijnen die hij nodig had. Dat niet iedereen de rekening betaalde, was van later zorg.[4]

Groningen

De medische problemen hielden aan. Klaas Dijkema werd bedlegerig en moest zijn praktijk uiteindelijk verkopen. Het gezin verhuisde naar een groot boven-

Ina met haar ouders Otto en Anje Knottnerus-Dijksterhuis, 1939.

huis in de stad Groningen, Jozef Israëlsstraat 16a, met veel kamers en een flinke zolder. Reint kon zijn kamer opzeggen en naast de eigen kinderen was er ook nog plek voor neef Alje Dijkema, die voor het leraarschap studeerde en in de loop van 1940 voor een tijdje bij hen in huis trok.

Toen de Duitse troepen op 10 mei 1940 het land binnenvielen, reageerden de kinderen van de familie Dijkema – net als hun ouders – zeer emotioneel. Ze waren verbijsterd, kwaad en wilden graag iets doen. Reint meldde zich direct als oorlogsvrijwilliger bij de Nederlandse militairen en trok als verpleger mee over de Afsluitdijk richting Den Helder. Het haalde niets uit. Nederland capituleerde en het gewone leven hernam zich weer snel, ook bij de familie Dijkema.[5]

De boosheid was er nog wel, zich onder andere uitend op 29 juni 1940, de verjaardag van prins Bernhard. Piet en zijn schoolvriend Harry Niemeijer gingen samen de deur uit met luciferstokjes in hun knoopsgat, omdat

In de dokterspraktijk waren altijd minstens twee motoren voorhanden. Piet en Albartus op een Douglas.

geel en rood de kleuren van het vorstendom Lippe waren. Er vonden vergelijkbare acties in het land plaats, ook wel met de toen al kenmerkende witte anjer in het knoopsgat. Piet en Harry werden ervoor opgepakt en moesten een dag lang op het hoofdbureau van de politie blijven. 's Avonds om tien uur konden zij pas weer gaan.[6] De actie had verder geen consequenties, het dagelijks leven ging voort.

Reint (bijna 20 jaar) studeerde verder voor arts, Piet (18 jaar) begon net aan een nieuwe opleiding, Albartus (bijna 17 jaar) en Klaas Simon (15 jaar) zaten op de HBS, Jantje (14 jaar) en Simon Albert (12 jaar) zaten op de MULO en Martje (10 jaar) ging nog naar de lagere school. Ze woonden nu alle zeven weer thuis. Piet werkte bij een garage aan de Pelsterstraat en startte in de loop van 1940 met een opleiding tot garagehouder. Dat deed hij samen met vriend en buurjongen Sam Kleefsman op een autoschool in Velp. Hij leerde daar Hanny Jansen (18 jaar) kennen bij de Gereformeerde Jongelingsvereniging. Om door de weeks de afstand te overbruggen, schreven ze elkaar lange liefdesbrieven. Hanny kwam met de kerstdagen in 1940 voor het eerst mee naar Groningen. Waarschijnlijk was Reints verloofde Ina er ook. De oorlog baarde iedereen veel zorgen en leidde tot grote woede, maar verstoorde het familieleven nog niet.

De studie van Reint ging voort; de opleiding van Piet in Velp werd echter al snel te duur. Hij stopte ermee en ging als monteur aan het werk in Vollenhove, in een van de barakken van de Noordoostpolder Ontginningsmaatschappij. Regelmatig streek hij in Groningen neer, waar hij zich met Reint opwond over de Duitse bezetting. Zijn vriendin Hanny maakte haar opleiding wel af en behaalde het diploma kinderverzorgster in koloniehuizen, maar kon vervolgens niet aan het werk omdat veel tehuizen alleen nog maar plaats boden aan

Reint bij het Schildmeer. Hier in de sneeuw, maar 's zomers een fervent roeier en zeiler.

Duitse kinderen. Ze kwam als jongste bediende bij de Rotterdamse Bank in Velp te werken en bleef bij haar ouders wonen. Tezelfdertijd werkte ze onbetaald bij dominee Hart, een gereformeerde predikant in Velp die in het verzet actief was. Hier deed ze haar eerste koerierswerk.[7]

Antinationaalsocialisme

Verzet tegen de bezetter was binnen het gezin Dijkema een regelmatig terugkerend onderwerp van gesprek. Volgens Klaas Simon lag daar de kiem: "Vooral de opvoeding heeft veel bijgedragen tot het verzetsstandpunt. Ook later in het verzet werkte mijn moeder altijd mee door kleine aanmoedigingen en waarschuwingen te geven."[8] Hoewel de sfeer binnen het hele gezin fel antinationaalsocialistisch was, was het met name Reint die op actie aandrong. De opvoeding thuis en de compromisloze houding van studentenvereniging VERA beïnvloedden hem sterk. Zijn vurige en soms driftige karakter bood de mogelijkheid om ideeën ook in daden om te zetten. Hij was niet bang en hij zag het als zijn plicht om in verzet te komen, daarbij sterk gesteund door zijn rotsvaste geloof. Een vriend haalde na de oorlog herinneringen op aan Reint, die hem ooit toevertrouwde: "Ik weet dat God dit werk van ons vraagt, en zijn wil volbrengen, dat moet het doel zijn."[9]

In de eerste oorlogsjaren zette Reint zich samen met Piet in voor *De Geus*, een ondergronds blaadje via de contacten bij VERA. Het eerste nummer, handgeschreven en steeds weer overgeschreven en verder verspreid, verscheen in de herfst van 1940. Latere nummers werden getypt en gestencild. Reint hielp mee met de verspreiding en leverde af en toe kopij aan. Toen VERA in 1941 verboden werd en ondergronds verder ging onder de dekmantel van 'studentencatechisatie' bleef Reint actief lid. Het was een kettingbom in het najaar van 1941 die bij hem definitief de knop omzette. De bom miste op een haar na hun huis, maar doodde onder andere wel twee leden van de gereformeerde studentenvereniging SSR. Vanaf dat moment hield Reint zich steeds intensiever met illegaal werk bezig.

Bij de start van zijn studie medicijnen meldde Reint zich direct aan bij de gereformeerde studentenvereniging VERA.

De activiteiten van de broers namen nog eens toe nadat vader Dijkema was overleden. Enerzijds waren nu wellicht enige remmingen weg, anderzijds verhardde het Duitse bezettingsklimaat. Dokter Dijkema stierf op 25 april 1942 en werd onder grote belangstelling in Siddeburen begraven.[10]

Groeiend verzetswerk

Een dag voor de begrafenis van dokter Dijkema kondigde de Duitse bezetter aan dat alle Joodse ingezetenen vanaf 3 mei een Jodenster moesten dragen. Het leidde tot bescheiden protest in het land; er gingen stemmen op om uit solidariteit ook sterren te dragen. Broers Reint en Albartus fabriceerden een stempel van een rubberband van een neergestort vliegtuig en maakten diverse Jodensterren. Moeder Dijkema had nog een geel gordijn en hielp mee door de randen netjes om te zomen. Vanuit huize Dijkema werden ook briefkaarten rondgestuurd om medestanders te zoeken. Onbekend is in hoeverre de oproep navolging kreeg. Er was wel minstens één negatieve reactie. Een zekere Wiert – wellicht Wiert Kruise, wachtmeester in Slochteren – schreef Reint een dringende brief waarin hij hem aanraadde van de actie af te zien.

> "Je bereikt er niets anders mee, dan dat je groot gevaar loopt opgepakt te worden en in een kamp opgesloten te worden. (..) Doe geen dwaze dingen, Reint en hou je broers daarvan af. Denk om je moeder, je broers, je zusters, je meisje, je jonge leven, je toekomst."

Wiert gaf aan dat hij ook in opstand wilde komen, maar dat dit geen zoden aan de dijk zette: "Het land is heusch niet gediend met deze handelingen. (..) Vecht dan op een verstandige wijze, kerel. Wacht je tijd af." Zelf was hij geraakt door het verlies van goede vriend Karel Gerritsma, die gefusilleerd was voordat hij ook maar iets kon uitrichten. "Het was een en al idealistische vaderlandsliefde, Reint, maar wat heeft Karel daarmee bereikt?" Hij hoopte van harte dat Reint zijn raad zou opvolgen: "Beste kerel, hou je taai en beheersch je."[1]

Reint aan de vooravond van de Tweede Wereldoorlog, negentien jaar oud.

De wijze raad was aan dovenmansoren gericht. Reint en Albartus deden de zelfgemaakte sterren op hun jas en trokken de binnenstad van Groningen in. Briefschrijver Wiert kreeg gelijk. Een dag later haalde de politie de jongens thuis op. Reint en Albartus moesten mee naar het Huis van Bewaring aan de Hereweg. Toen moeder Dijkema ging informeren wanneer haar zoons weer naar huis mochten, kreeg zij de wind van voren. Hoe kon ze dit als opvoeder over haar kant laten gaan? De jongens moesten voor straf naar Kamp Amersfoort, samen met tientallen anderen in het land die opgepakt waren voor hetzelfde vergrijp.[2]

Kamp Amersfoort was de gangbare aanduiding voor *Polizeiliches Durchgangslager Amersfoort*, dat in augustus 1941 was geopend en bijna tot aan het einde van de oorlog bleef functioneren als straf- en werkkamp. Een vrachtauto bracht Reint en Albartus naar het kamp, waar ze voor hun 'heropvoeding' hard moesten werken. Ze kregen vuile en versleten uniformen van het voormalige Nederlandse leger als kleding, waarna hun hoofden werden kaalgeschoren. Als politieke gevangenen kregen zij een rode driehoek op hun outfit. Overdag verrichtten zij zware arbeid: graafwerkzaamheden, bomen kappen en ander fysiek werk. Reint kreeg na enige tijd last van zijn voet, waardoor hij in een commando terechtkwam waar hij zakken met stro moest vullen. Albartus bleef in het oude commando waar hij regelmatig te horen kreeg dat hij blij mocht zijn dat hij niet naar het Oostfront hoefde. Hij raapte er peukjes – door hem "bukshag" genoemd – om te kunnen ruilen tegen eten. Het baatte nauwelijks. Bij terugkeer uit het kamp was hij een derde van zijn lichaamsgewicht kwijtgeraakt.[3]

Na zes weken kwamen de broers vrij. Via hun moeder in Groningen reisden ze door naar Siddeburen. Mevrouw Knottnerus ontfermde zich over hen en bracht de sterk vermagerde jongens weer op hun normale gewicht. De ervaringen in Amersfoort hadden voor Reint en Albartus, en daarmee voor alle leden van het gezin Dijkema, grote gevolgen. Reint ontstak in een grote, met moeite te beheersen woede. Zijn verblijf in Kamp Amersfoort werkte als een katalysator. De nog maar 18-jarige Albartus daarentegen ervoer het als traumatisch. Hij kon de verschrikkingen en mishandelingen niet vergeten, toen niet en later niet. Voor derge-

Reint en Albartus na hun verblijf in Kamp Amersfoort. Kaalgeschoren en vermagerd logeerden zij op de boerderij van de familie Knottnerus om aan te sterken.

De verloving van Piet en Hanny werd enige tijd uitgesteld omdat Reint en Albartus in Kamp Amersfoort zaten. Hun kaalgeschoren hoofden zijn nog goed zichtbaar.

Verlovingsportretten van Hanny en Piet, 1942.

lijke angsten bleek in het gezin echter weinig plaats. Bij terugkomst was Reint juist vastbesloten het de bezetter zo moeilijk mogelijk te maken, daarin gesteund door Piet. Deze broer vulde hem qua karakter goed aan. Zo opvliegend als Reint kon zijn, zo gelijkmoedig was Piet. Samen vormden ze snel een goed op elkaar ingespeeld team.[4]

Bundeling

Er ging nog geruime tijd overheen voor de broers werkelijk tot actie overgingen. In de diverse netwerken gistte al van alles, maar het was nu zaak om die verschillende contacten met elkaar te verbinden. De gereformeerde kerk en het kerkelijk jeugdwerk zorgden voor een ruim netwerk. Reint had daarbij kennis aan de medische faculteit in Groningen en studentenverenigings VERA. Piet had juist weer hele andere nuttige contacten, die hij opdeed als monteur in de regio. Toen de jongemannen hulp, geld, onderduikadressen en medestanders nodig hadden, zochten zij die in eerste instantie in genoemde kringen. Ondanks de gemeenschappelijke vijand was het verzet in de Tweede Wereldoorlog zeker in de beginjaren immers bijna even verzuild als de samenleving zelf. Er waren communistische, gereformeerde, hervormde en socialistische verzetsgroepen en er waren er ook zonder etiket, die niet of nauwelijks met elkaar samenwerkten en elkaar soms zelfs voor de voeten liepen. Hier kwam meer lijn en eenheid in toen het verzet zich verder uitbreidde en organiseerde.

Voor saamhorigheid zorgden twee maatregelen die de Duitse bezetter in april 1943 nam: studenten moesten een loyaliteitsverklaring tekenen en voormalige Nederlandse militairen moesten zich melden voor arbeidsinzet in Duitsland. Studenten die niet tekenden, wachtte hetzelfde lot. Spontaan braken er proteststakingen uit, waarna veel jonge mannen onderdoken. Voor Reint betekende dit het definitieve einde van zijn studie. Hij weigerde de verklaring te tekenen, waardoor hij zijn kandidaatsexamen – kort daarna – niet kon maken. De Groninger studenten waren overigens bijna unaniem: het merendeel van hen tekende niet.[5]

Reint en Ina in de tuin van de boerderij van de familie Knottnerus in Siddeburen, 1943.

Piet werkte in deze tijd in de centrale werkplaats voor tractors en motoren in Vollenhove. Na de oproep voor militairen legde hij direct het werk neer en reed op zijn motor door de polder om medestanders voor de stakingen te vinden. Toen de meeste bedrijven een dag later inderdaad onbemand waren, vertrok hij uit voorzorg naar Velp. Daar stond zijn verloofde Hanny nu bij haar vader in de zaak – een winkel in comestibles [fijne etenswaren] en boter – omdat haar broers in Den Haag ondergedoken waren om aan de arbeidsinzet te ontkomen.[6]

Deze zogenaamde April-meistakingen duurden slechts enkele dagen, maar sorteerden groot effect. De Duitse bezetter kondigde politiestandrecht af, waardoor verdachten voortaan zonder vorm van proces desnoods direct doodgeschoten konden worden. In de noordelijke provincies pakten de autoriteiten na de stakingen inderdaad meteen tientallen willekeurige burgers op, schoten hen dood of voerden hen naar kampen af. Voor het eerst liet de bezetter zich op zo'n grote schaal van zijn meest onredelijke kant zien; de kaarten lagen duidelijk op tafel. Tevens moesten alle Nederlanders hun radio inleveren om nieuwe ophitsing via de radio te kunnen voorkomen.[7]

Dat laatste maakte op moeder Dijkema overigens weinig indruk. Volgens zoon Simon Albert was ze daar resoluut in: "Als de Duutsers de radio will'n hebb'n, mott'n se het sulf moar ophoalen." De radio verdween in pakpapier en diende met een kleedje erover als bijzettafel. Dat duurde een week. Toen won de nieuwsgierigheid het, pakten ze de radio weer uit en sloten deze aan om naar Engelse zenders te luisteren. Reint en Piet wilden de radio kwijt omdat ze het te gevaarlijk vonden, maar daarvan wilde hun moeder niets weten. Als de Duitsers kwamen, zou zij het hen desnoods zelf wel vertellen want "ze wilde er niet om liegen".[8] Het tekent de bijna achteloze houding. Geen heroïsche daad van verzet, wel een zuiver gevoel van onrecht.

De illegale pers voorzag in een groeiende behoefte aan niet-gecensureerde informatie.

Doorgeven

Door de radiovordering raakten steeds meer mensen verstoken van nieuws, juist nu de bezetting duidelijker voelbaar werd. Na de stakingen kwam Piet uit Velp weer naar Groningen en werkte hij met Reint samen aan het ondergrondse blad *Trouw*. In Siddeburen stond één van de drukkerijen waar men regelmatig druk(lood)platen nodig had. Piet had het grote voordeel dat hij kon autorijden en dat hij een rijbewijs bezat. Hij zou vaak als chauffeur optreden.[9]

Naast *Trouw* waren er diverse andere grote en kleine initiatieven. De Veendammer architect Jacob Bruggema (schuilnamen: Nieuwland, Laanstra) startte in Oost-Groningen met een eigen blad. Samen met de broers Antonides uit Zuidbroek maakte hij een A4'tje vol nieuws, waarin hij ook opriep tot werkelijk verzet. Onder de tekst stond altijd één praktische aansporing: Doorgeven.[10] Wekelijks drukten zij de blaadjes met binnen- en buitenlands nieuws op hun zolder op een cyclostyle, een voorganger van de stencilmachine. De eerste *Doorgeven* of *Weekberichten* verscheen op 9 juli 1943, de laatste, nummer 105, op 26 april 1945. Bruggema zou de oorlog niet overleven. Hij werd in 1944 gearresteerd en later te Westerbork gefusilleerd. De broers Antonides en Huib Ottevanger uit Veendam – de latere provinciale hoofdredacteur van *Trouw* – namen het werk over. De maximale oplage van *Doorgeven* bedroeg 3.700, als de stad Groningen ook exemplaren nodig had zelfs 6.000. Reint spande zich met enkele anderen in om een verspreidingssysteem van de grond te krijgen. Hielke Antonides herinnerde zich na de oorlog de onverzettelijke en geheel eigen werkwijze van Reint:

> "Ik herinner me nog nauwkeurig de avond in juli 1943 toen hij mij voor het eerst kwam opzoeken. Met enigszins sombere blik, voorover gebogen zijn fiets duwend, zag ik hem de laatste meters afleggen naar ons huis. Ik voelde onmiddellijk, dat ik op hem kon vertrouwen. (..) Alleen trok hij er op uit. Dat bood vele voordelen, van niet ontdekt te worden en van geheimhouding. Maar om dat te volbrengen was er des te meer geestkracht nodig. Hij miste op zijn eenzame tochten de steun van een vriend. Toch hield hij vol. Dijkema pleegde het verzet op zijn eigen manier."[11]

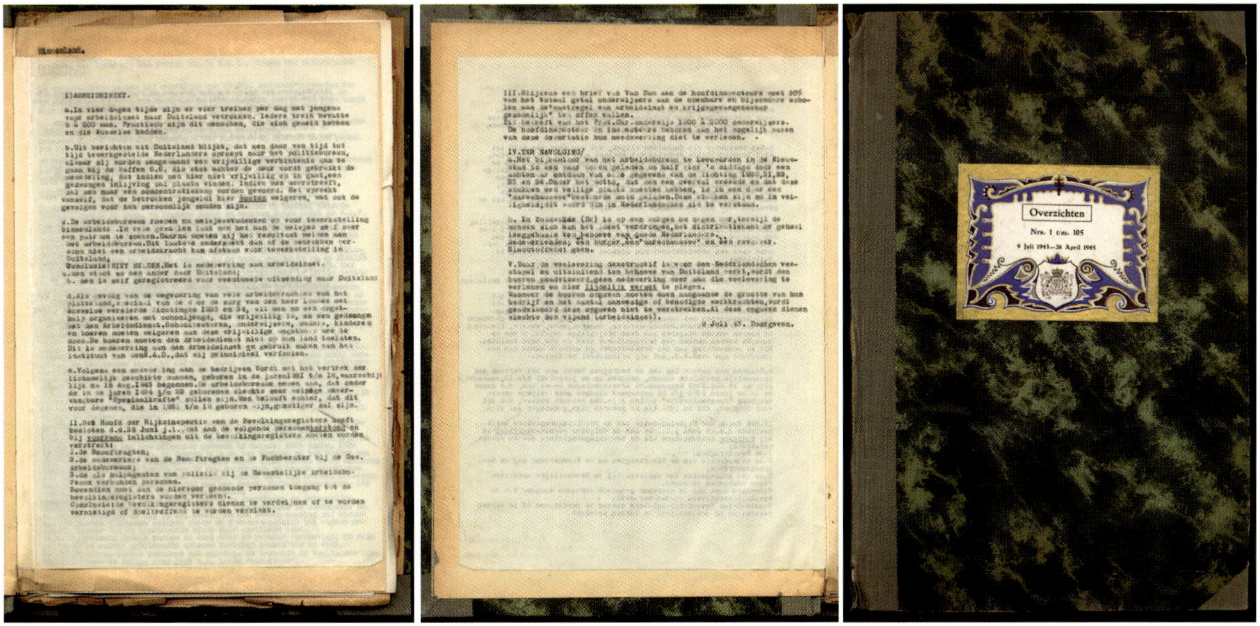

De complete ingebonden verzameling Doorgeven van Ina Knottnerus (Oorlogs- en Verzetscentrum Groningen).

Doorgeven kwam uiteindelijk op vijfentwintig distributieadressen in heel Oost-Groningen terecht, van Ter Apel tot Slochteren. Van daaruit ging de verspreiding voort. Slochteren ontving 300 exemplaren, mensen uit Schildwolde, Siddeburen en Wagenborgen haalden hier hun portie op. De abonnees kregen *Doorgeven* op zaterdagavond in de bus of ontvingen een exemplaar voor of na de zondagse kerkdienst. De oproep om het blaadje door te geven vond gehoor. Soms circuleerde het enkele weken na verschijning nog. Vanaf de laatste oorlogswinter werkten de mensen van *Doorgeven* samen met het eveneens ondergrondse *Trouw*. Boven

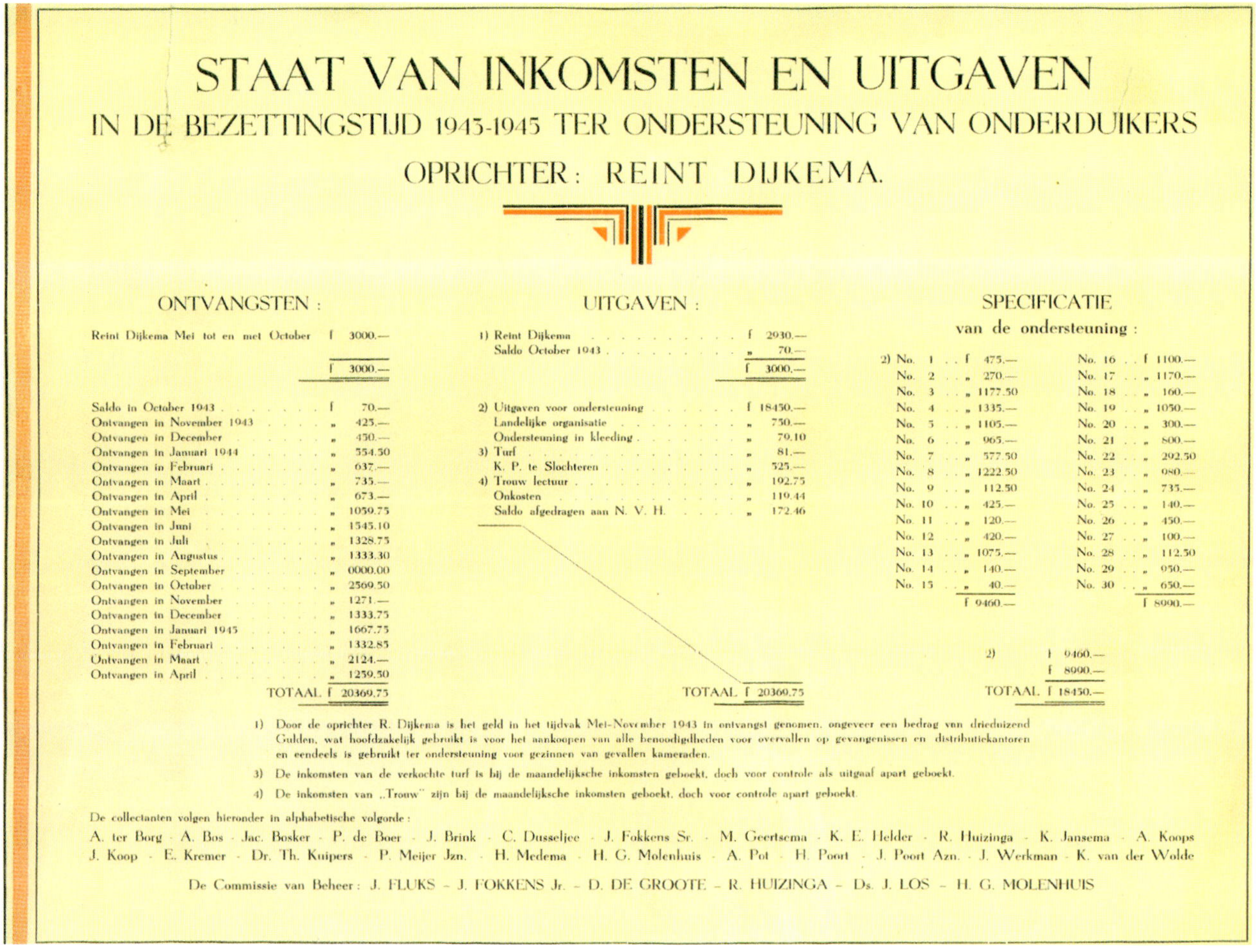

STAAT VAN INKOMSTEN EN UITGAVEN

IN DE BEZETTINGSTIJD 1943-1945 TER ONDERSTEUNING VAN ONDERDUIKERS

OPRICHTER: REINT DIJKEMA.

ONTVANGSTEN:

Reint Dijkema Mei tot en met October	f 3000.—
	f 3000.—
Saldo in October 1943	f 70.—
Ontvangen in November 1943	„ 425.—
Ontvangen in December	„ 450.—
Ontvangen in Januari 1944	„ 554.50
Ontvangen in Februari	„ 637.—
Ontvangen in Maart	„ 735.—
Ontvangen in April	„ 673.—
Ontvangen in Mei	„ 1059.75
Ontvangen in Juni	„ 1545.10
Ontvangen in Juli	„ 1328.75
Ontvangen in Augustus	„ 1333.30
Ontvangen in September	„ 0000.00
Ontvangen in October	„ 2569.50
Ontvangen in November	„ 1271.—
Ontvangen in December	„ 1333.75
Ontvangen in Januari 1945	„ 1667.75
Ontvangen in Februari	„ 1332.85
Ontvangen in Maart	„ 2124.—
Ontvangen in April	„ 1259.50
TOTAAL	f 20369.75

UITGAVEN:

1) Reint Dijkema	f 2930.—
Saldo October 1943	„ 70.—
	f 3000.—
2) Uitgaven voor ondersteuning	f 18450.—
Landelijke organisatie	„ 750.—
Ondersteuning in kleeding	„ 79.10
3) Turf	„ 81.—
K. P. te Slochteren	„ 525.—
4) Trouw lectuur	„ 192.75
Onkosten	„ 119.44
Saldo afgedragen aan N. V. H.	„ 172.46
TOTAAL	f 20369.75

SPECIFICATIE van de ondersteuning:

2) No. 1	f 475.—	No. 16	f 1100.—
No. 2	„ 270.—	No. 17	„ 1170.—
No. 3	„ 1177.50	No. 18	„ 160.—
No. 4	„ 1335.—	No. 19	„ 1050.—
No. 5	„ 1105.—	No. 20	„ 300.—
No. 6	„ 965.—	No. 21	„ 800.—
No. 7	„ 577.50	No. 22	„ 292.50
No. 8	„ 1222.50	No. 23	„ 080.—
No. 9	„ 112.50	No. 24	„ 735.—
No. 10	„ 425.—	No. 25	„ 140.—
No. 11	„ 120.—	No. 26	„ 450.—
No. 12	„ 420.—	No. 27	„ 100.—
No. 13	„ 1075.—	No. 28	„ 112.50
No. 14	„ 140.—	No. 29	„ 950.—
No. 15	„ 40.—	No. 30	„ 650.—
	f 9460.—		f 8990.—

2)	f 9460.—
	f 8990.—
TOTAAL	f 18450.—

1) Door de oprichter R. Dijkema is het geld in het tijdvak Mei-November 1943 in ontvangst genomen, ongeveer een bedrag van drieduizend Gulden, wat hoofdzakelijk gebruikt is voor het aankoopen van alle benoodigdheden voor overvallen op gevangenissen en distributiekantoren en eendeels is gebruikt ter ondersteuning voor gezinnen van gevallen kameraden.

3) De inkomsten van de verkochte turf is bij de maandelijksche inkomsten geboekt, doch voor controle als uitgaaf apart geboekt.

4) De inkomsten van „Trouw" zijn bij de maandelijksche inkomsten geboekt, doch voor controle apart geboekt.

De collectanten volgen hieronder in alphabetische volgorde:

A. ter Borg - A. Bos - Jac. Bosker - P. de Boer - J. Brink - C. Dusseljee - J. Fokkens Sr. - M. Geertsema - K. E. Helder - R. Huizinga - K. Jansema - A. Koops
J. Koop - E. Kremer - Dr. Th. Kuipers - P. Meijer Jzn. - H. Medema - H. G. Molenhuis - A. Pot - H. Poort - J. Poort Azn. - J. Werkman - K. van der Wolde

De Commissie van Beheer: J. FLUKS - J. FOKKENS Jr. - D. DE GROOTE - R. HUIZINGA - Ds. J. LOS - H. G. MOLENHUIS

Na de oorlog opgestelde verantwoording van geld dat voor het verzet werd ingezameld (Collectie Verzameling/Museum 40-45 Harkstede).

de berichten van *Doorgeven* kwam nu te staan *Trouw-Bulletin*. Onder aan de achterzijde van de A4'tjes bleef het parool gehandhaafd: Doorgeven. Het bewaren van dergelijke informatie was gevaarlijk. Toch doken er na de oorlog sporadisch exemplaren van *Doorgeven* op. Bijzonder was de verzameling die Ina Knottnerus aanlegde: alle 105 nummers compleet bewaard, keurig ingebonden en van een speciaal etiket voorzien.[12]

Landelijke Organisatie voor Hulp aan Onderduikers

Aan het eind van 1942 was in Groningen een tak van de nieuw opgerichte Landelijke Organisatie voor Hulp aan Onderduikers ontstaan, de LO. Helena Theodora Kuipers-Rietberg (tante Riek) uit Winterswijk stond samen met dominee Frits Slomp uit Heemse (Frits de Zwerver) aan de basis. De LO bood alle mogelijke vormen van hulp aan onderduikers, zoals het zoeken van onderduikadressen, het produceren en bezorgen van valse identiteitspapieren en distributie van geld en bonkaarten. Verschillende onderafdelingen zorgden voor stroomlijning van het onderduikerswerk. De organisatiegraad was hoog, LO-leden bezaten zelfs eigen legitimatiebewijzen met een duidelijke oproep: "Leden van erkende verzetsorganisaties, militaire en burgerlijke autoriteiten worden dringend verzocht bezitter dezer papieren alle mogelijke hulp en inlichtingen te geven." Groningen telde gemiddeld telkens ongeveer vijf zelfstandige groepen, die verenigd waren in het Provinciaal Comité, ook wel de Groninger Top of LO-Top genoemd. De groepen kwamen vaak voort uit al bestaande verbanden, zoals de gereformeerde kerk, via welke connecties ook de familie Dijkema ermee bekend raakte.[13]

Om de LO-groepen te ondersteunen, wierf Reint sinds het voorjaar van 1943 her en der fondsen. In Siddeburen richtte hij een afdeling op met als contactpersoon de heer J. Fokkens. Onder andere door het verkopen van clandestiene foto's van leden van het koninklijk huis kwam er geld binnen.[14] Aan het eind van de oorlog stond de teller van LO-groep Siddeburen op ruim 20.000 gulden. Het merendeel van het geld ging op aan ondersteuning van onderduikers en hun gezinnen, zeker toen veel mannen onderdoken om aan de arbeidsinzet te ontkomen. Slechts met een stamkaart of gezinskaart kon iemand bonnen voor voedsel en kleding ophalen. Meestal waren de bonnen zes tot acht weken geldig. Het Centraal Distributiekantoor verzond de bonnen naar de distributiekantoren in het land. Daarna kreeg het kantoor de ingeleverde bonnen door de winkeliers terug gestuurd. Het was een administratieve rompslomp. De distributie was bedoeld om onderduiken tegen te gaan, maar juist de uitgebreide administratie bood kansen aan het zich ontwikkelende verzet. Vervalsen was lastig omdat de bonnen telkens van kleur wisselden. Diefstal van bonnen was dan een veel probater middel. Van het LO-geld uit Siddeburen ging dan ook bijna 3.000 gulden naar Reint voor de aanschaf van "benoodigdheden voor overvallen op gevangenissen en distributiekantoren" en ter ondersteuning van gezinnen van gevallen kameraden.[15] De strijd verhardde.

Knokploeg Remco

Vanaf 1943 vonden hier en daar overvallen op distributiekantoren plaats. Individuele acties, ongecoördineerd en aanvankelijk niet in opdracht van de LO. Jaap en Piet Gootjes, zonen van dominee Gootjes uit Baflo, golden voor Reint als voorbeeld. Hij kende de broers en hield hun activiteiten nauwlettend in de gaten. Samen met enkele anderen overvielen zij op 4 juni 1943 het gemeentehuis te Langweer in Friesland. Hun buit bedroeg 5.000 bonkaarten en 25.000 losse bonnen. Het was de eerste kraak in Nederland waarvan de buit volledig ten goede kwam aan onderduikers. De LO ondersteunde de actie en wenste meer van dergelijke knokploegen (KP's) in te zetten. Het was een vorm van verzet die Reint aansprak.[1]

Reint was ook voor die tijd niet onbekend met de gewapende strijd. Hij had al contacten met een vanuit Slochteren opererende verzetsgroep onder leiding van marechaussee Piet Cnossen (Piet van Slochteren). Deze groep was reeds in januari 1943 ontstaan en was daarmee één van de oudste knokploegen van het land. Ook was er veelvuldig contact met Jan (Bram) Lenstra uit Meppel, die verbonden was aan de onlangs opgerichte Raad van Verzet. Zijn plan om informatie te verzamelen over te liquideren personen was aan de broers Dijkema echter niet besteed, dat vonden zij meer iets voor "de ouderen". Het nam niet weg dat ze wel tot actie wilden overgaan. Piet Dijkema had contact met Cornelis Kraal (Karel van Kampen) van de LO-groep Kroon, maar daar hield men zich nog niet bezig met gewapend verzet. Piet richtte zich daarom op de LO-groep Bedum, waar ze al wel over diefstallen en overvallen nadachten. Om gedegen voor de dag te komen, probeerde hij de nodige wapens te bemachtigen. Piet informeerde bij Willem Bakker Zwartenkot en Sieuwert Bruins Slot uit Sauwerd naar 25 door hen verduisterde pistolen. Hij kreeg niets los; de mannen hadden ze zelf nodig.[2]

Het zou nog even duren voordat de broers in actie kwamen. Volgens Piet werd er die eerste maanden vooral heel veel "geboomd, geboomd en nog eens geboomd". Reint nam deze zomer als KP-lid ook deel aan diverse overkoepelende overleggen, onder andere aan de bijeenkomst waarin men over de liquidatie van Derk Klavers sprak. Deze liquidatie kwam in september 1943 op het conto van marechaussees Wim Homoet en Hielke van der Heide.[3] Zo'n actie was voor de broers Dijkema nog steeds een stap te ver. Verschil in inzicht over de risico's gaf te veel onzekerheid. De oude tegenstelling tussen Stad en Ommeland speelde hierbij mee. Mensen lagen elkaar niet altijd goed, begrepen elkaar

Pasfoto voor een van de persoonsbewijzen van Reint, herfst 1943. Hij zou er diverse laten maken.

soms niet. Al met al was er zeker in deze maanden nog geen uitgekristalliseerde organisatie. Er was achteraf wel sprake van diverse KP's, maar de mannen werkten vaak in wisselende samenstelling met elkaar.[4]

Een eerste overval vond plaats op 23 september 1943. Piet toog samen met Jan Popke Lenstra, Jan van der Wal (Kleine Jan) en Lo Bosch naar Friesland om het bonkaartenvervoer bij Rijs in Balk te overvallen. Ambtenaren van het distributiekantoor vervoerden de bonkaarten op de fiets, met een paar politieagenten als beveiliging. De jongemannen kochten met geld van de gebroeders Gootjes een auto, waarmee zij achter de fietsers aanreden. Hoewel het volgens Jan van der Wal "kinderwerk" zou worden, waren de heren knap zenuwachtig. Ze aarzelden diverse malen en besloten uiteindelijk de fietsende politieagenten gewoon maar op te wachten. Ze stopten en keerden zo vaak dat de agenten waarschijnlijk al argwaan kregen. Toch bleek het uiteindelijk kinderlijk eenvoudig. De jongemannen richtten hun wapens en sommeerden de mannen hun pistolen en bonnen in te leveren. Daarna gaven ze de pistolen (nu zonder houders) terug, reden naar Marum en kwamen vervolgens met de tram aan in Groningen. Daar bekeken zij de buit: 1481 bonkaarten en 110 inlegvellen.[5]

De kop was er af. Het was nog geen dagelijkse kost, maar de broers kregen er geleidelijk aan handigheid in en konden op steun van andere KP-ers rekenen. De overvallen hadden succes. Ze leverden bonnen op voor onderduikers, ze ondermijnden het Duitse gezag en af en toe lukte het ook om delen van het bevolkingsregister te vernietigen. Reint wenste zich toe te leggen op één activiteit om de kans op succes te vergroten. Ook verkleinde het de kans op verraad en het gevaar om bij een arrestatie direct veel mensen kwijt te raken. In de stad Groningen was een KP-groep ontstaan rond politieman Wim te Lindert (Wim Vereikeren): KP Wim. Reint startte zelf een tweede knokploeg, een KP die zich specialiseerde in overvallen. Op deze manier was Reint er van verzekerd dat hij alleen met mensen hoefde te werken die hij door en door vertrouwde, met daarbij in de eerste plaats Jan van der Wal en zijn broer Piet. Hun knokploeg kwam bekend te staan als KP Remco. De naam verwees naar zijn meest gebruikte schuilnaam, hoewel Reint in deze jaren ook wel als Frans Klasens of Okke Jakob Wiersma door het leven ging.[6]

Overvallen

KP Remco kreeg in de loop van 1943 steeds meer vorm, ook al valt niet meer te achterhalen wie er precies deel van uitmaakten. Naast de drie initiatiefnemers hoorden in ieder geval ook Johannes Dijkhuis (Zwarte Joop) en Anton Meijer tot de vaste kern.[7] De inzet van de familie Dijkema nam verder toe toen ook jongere broer Klaas Simon zich erbij aansloot. Hij had tot november 1942 op de HBS gezeten en verklaarde "blij" te zijn te mogen onderduiken voor de arbeidsinzet. Nu kon hij ook iets bijdragen vanaf zijn onderduikadres op de boerderij van de familie Mittendorp in Giethoorn. Hij verspreidde illegale krantjes en probeerde samen met Frans Mittendorp een partij gevorderde radio's te vernietigen, dat laatste overigens zonder succes. Het was voor Klaas Simon niet genoeg. Vanaf november 1943 woonde hij weer in Groningen en wijdde hij zich volop aan het echte KP-werk, dat lag hem beter. Net als zijn oudste broer bezat hij een vrij explosief karakter en hij was nergens bang voor.[8]

Vanaf december 1943 stonden er nieuwe overvallen van KP Remco op stapel, waaraan de jongens in wisselende samenstelling meededen. Hun onzekerheid nam af, hoewel lang niet iedere overval slaagde. Op 16 december 1943 zou Piet samen met Roelof van den Bergh het postkantoor in Haren overvallen om daar contant geld mee te nemen. Ze hadden van Harry Niemeijer de tip gekregen dat er 's avonds om zeven uur een postwagen langskwam. De dienstdoende juffrouw deed dan altijd open, een mooie gelegenheid

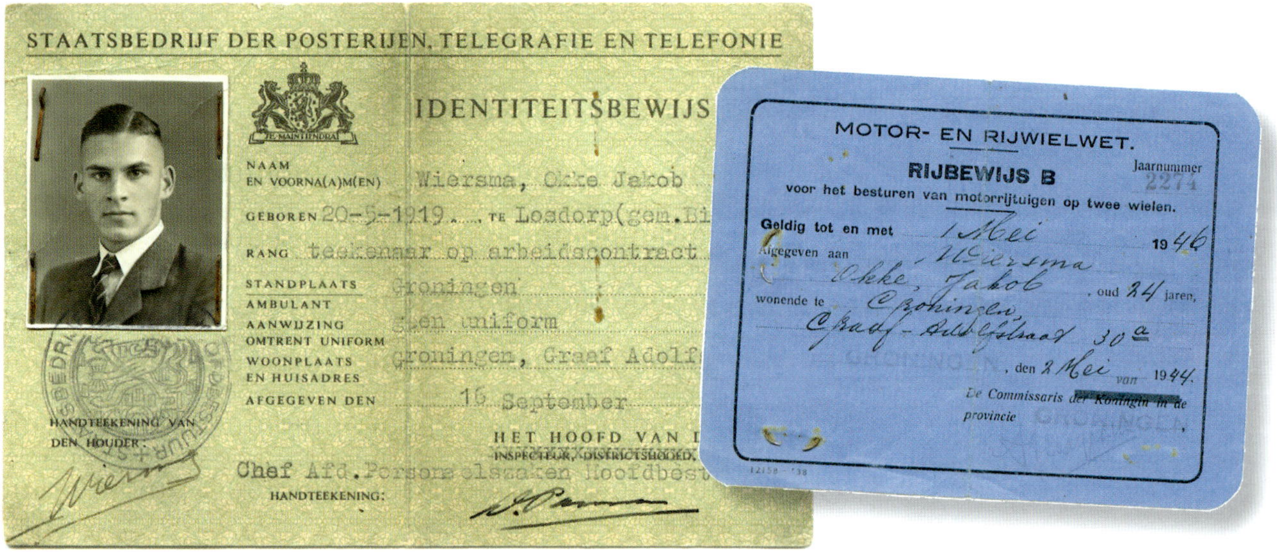

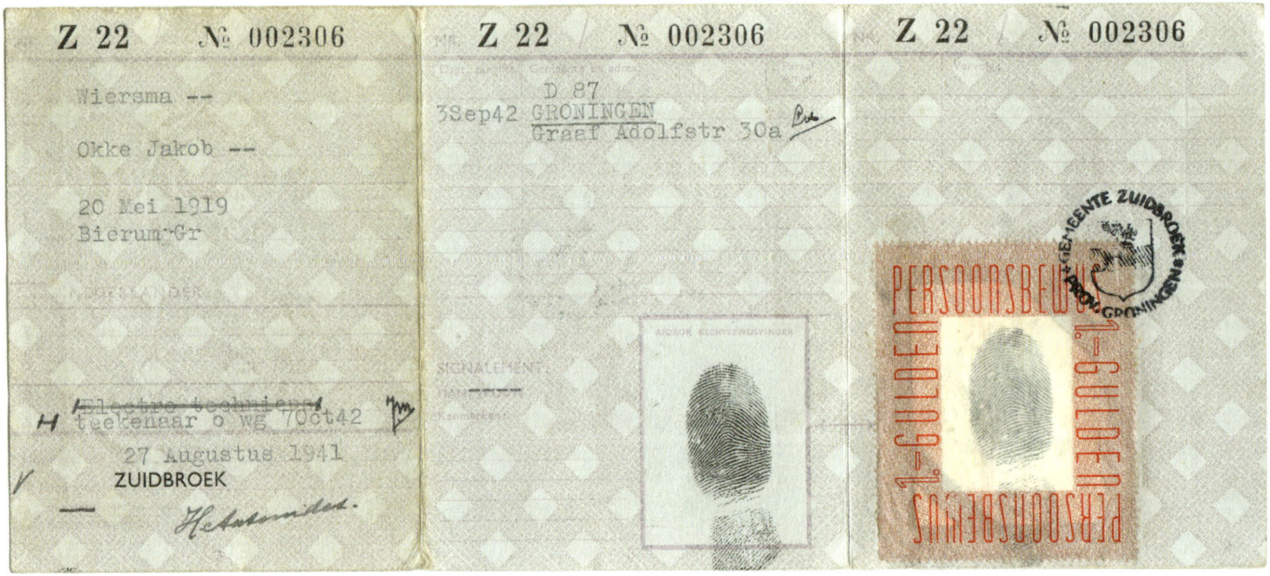

Serie valse papieren voor Reint, alias Okke Jakob Wiersma.

om binnen te komen zonder geweld te hoeven gebruiken. Met een groot zwart masker op tikten de mannen tegen het raampje: "Maar dat gaf een consternatie. De juffrouw gilde van ontzetting toen ze zo'n boeman voor zich zag." De deur stond wel op een kier, maar met zoveel kabaal durfden de mannen het toch niet aan. Ze gingen er op de fiets vandoor. De hoed van Piet bleef als stille getuige bij het postkantoor achter; de geldkraak was mislukt.[9]

Het verhaal over de eveneens mislukte bonnenkraak te Noordbroek op 22 december 1943 doet bijna vrolijk aan. Via een wc-raampje zouden de mannen in het gemeentehuis inbreken, waar zowel het distributiekantoor als het bevolkingsregister waren ondergebracht. Van de zes aanwezige KP-ers – naast de drie broers Dijkema de heren Jan van der Wal, Lo Bosch en Hielke Antonides – lukte het slechts de jonge Klaas Simon zich daar doorheen te wurmen. Volgens het verslag van Piet: "Daarbij moest hij evenwel geduld oefenen en tevens zijn lachspieren in bedwang houden. Gedurig kwamen de bewakers namelijk naar het toilet om hun behoefte te doen en daarop kon hij van boven nederzien." Het geduld leverde uiteindelijk weinig op. Eenmaal het gebouw ingeslopen, bleek de kluis onbereikbaar. Ook ging het licht overal aan, waarna ze allemaal zo snel mogelijk naar buiten renden en met de auto naar Groningen terugreden.[10]

Wellicht was dit de overval waaraan Klaas Simon refereerde toen hij na de oorlog verklaarde dat hun moeder altijd meeleefde, maar hen wel tot voorzichtigheid maande. "Na een overval die erg grappig was verlopen en waarover mensen veel praatten, zei ze: 'Dit werk moet gebeuren, maar maak er toch geen bravourestukjes van waardoor je later altijd spijt zou hebben dat je roekeloos bent geweest wanneer je zo eens gearresteerd werd.'"[11]

Qua roekeloosheid viel het wel mee, de mannen bereidden zich over het algemeen goed voor. Slechts af en toe schemerde enige baldadigheid in hun acties door. Na de mislukte overvallen in Haren en Noordbroek deden de KP-ers op kerstavond 1943 nog een poging bij het distributiekantoor in Baflo. Volgens Piet was de kraak in slechts één dag voorbereid door Tom Steen, Jaap en Piet Gootjes. Piet chauffeerde. Hij reed de heren naar het woonhuis van marechaussee Meyer. Enkele weken eerder was een overval mislukt door "het kordate optreden" van deze marechaussee; de broers Gootjes wilden nu "zoete wraak" nemen. Onder bedreiging van een vuurwapen brachten ze hem naar het distributiekantoor, waar hij hen moest binnenlaten. Ze bedwelmden de bewaking met chloroform en haalden de kluis leeg. Piet paste in de tussentijd op Meyer, die knarsetandend toekeek: "Het is een bende." Eenmaal klaar met het inladen van de bonnen namen ze Meyer zijn overjas en onderscheidingen af. Die konden ze in de toekomst misschien nog eens gebruiken. Ze bonden Meyer de handen op zijn rug en stuurden hem zo het dorp in. Om de man tegemoet te komen, regelden de jongens een week later dat hij een cheque van 100 gulden ontving als vergoeding voor de jas. "Of KP-ers ook fatsoenlijk zijn!" aldus Piet in zijn verslag. Bij bakkerij Werkman in Middelstum verdeelden ze de buit: "Dankzij het kordate optreden van de marechaussee Meyer was de kraak nu eens gelukt."[12]

De kennis en kunde namen geleidelijk aan toe. De broers raakten bekend als ervaren overvallers, zoals door een oud KP-er later ook verwoord: "Bij ruim de helft van alle overvallen op distributiekantoren in Groningen waren wel één of meer Dijkema's betrokken, hetzij bij de voorbereiding, hetzij bij de uitvoering."[13] Het is niet meer na te gaan of deze bewering werkelijk klopt, al is het maar omdat niet zeker is of alle overvallen in kaart gebracht zijn. Wel is duidelijk dat de broers Dijkema bij de kraken in Groningen hun sporen hebben nagelaten.

De grote zolder van Jozef Israëlsstraat 16a bood in de oorlogsjaren volop ruimte aan verzetsmateriaal.

Arsenaal

De zolderkamer van het ouderlijk huis aan de Jozef Israëlsstraat raakte vol met voor overvallen praktische zaken als gestolen Duitse uniformen, gummihandschoenen, chloroform, natrium en fosfor, deels nog afkomstig uit de oude apotheek van dokter Dijkema. De KP-ers scharrelden van alles bij elkaar. De drie broers kwamen in november 1943 bij B. Antonides in Zuidbroek om fietsen weg te halen uit de schuur van een Duitse meldingspost. Dat lukte maar gedeeltelijk, want slechts twee fietsen stonden niet op slot. De bestolenen beklaagden zich een dag later bij de burgemeester en eisten twee willekeurige fietsen van de bevolking op.[14] Enige tijd later stalen Reint, Piet en Jan van der Wal op vergelijkbare wijze drie motoren uit de *Feldgendarmerie* te Groningen, zover bekend zonder terugvorderingsactie.

Om de geritselde auto's en gestolen motoren ongemerkt te kunnen gebruiken, bezaten de broers ook een collectie nummerborden. Pronkstuk was het bord met RK, de afkorting van *Reichskommissar*, afgeschroefd van de auto van Seyss-Inquart bij één van zijn bezoeken aan

Groningen. Het nummerbord zat minstens eenmaal op de auto bij een – mislukte – ontvoering. Piet reed de wagen met daarin Gepko (Sep) Hahn en een niet met achternaam genoemde Bertus naar Schipborg, waar zij verkleed als NSB-ers de nieuwe burgemeester bezochten. De NSB-er had een spoedcursus gekregen en zou op korte termijn de oude burgemeester vervangen. De mannen wilden hem schaken en "veilig" opbergen, maar troffen hem niet thuis. Hoogstwaarschijnlijk zochten zij Ludolf Jan Zandt. Hij stond bekend om zijn jacht op onderduikers en promoveerde in 1943 vanuit zijn functie als gemeenteambtenaar tot burgemeester van Gieten, later van Zuidlaren. Hij heeft vermoedelijk niets van de beoogde ontvoering geweten. Nog diezelfde avond reden de KP-ers door naar Melkbussenfabriek Van Wijk en Boerma, waar twee auto's (een Amerikaanse *hupmobile* en een Duitse *DKW*) verborgen waren. Als NSB-ers vorderden zij de auto's, die ze pas na het nodige zoekwerk achter een grote stapel melkbussen aantroffen. De auto's waren defect, dus moesten gesleept worden. Na nog een kettingbotsing door het slechte zicht kwam de stoet 's morgens vroeg in Groningen aan.[15]

Het meest opvallend en het meest bedreigend in huis was de verzameling revolvers en handgranaten. Het was voor de dokterszonen een totaal andere wereld dan die ze voor die tijd kenden. Hoewel ze nu regelmatig overvallen pleegden, hadden ze maar weinig ervaring met wapens. Piet Cnossen herinnerde zich, dat hij eens in de Jozef Israëlsstraat op bezoek kwam en dat Reint zich toen juist door zijn voet had geschoten. Van een veiligheidspal had hij nog nooit gehoord.[16] De wapens die op de zolderkamer lagen, waren vaak gestolen van Duitse soldaten en rouleerden vervolgens binnen het verzet. Klaas Simon nam eens samen met Anton Meijer een mitrailleur van de *Wehrmacht* weg bij het station van Groningen, een gevaarlijke actie vanwege de drukte daar. Mogelijk was dit onderdeel van een grotere overval, waarbij op het station 22 parabellums werden gestolen. In Zwartsluis ontvreemdde Klaas Simon op enig ander moment samen met Ybele van der Veer en Gerrit van der Leij banden met munitie uit een werkplaats.[17]

Op een dag togen de drie broers en Jan van der Wal naar Henk Veldhuis in Slochteren vanwege het gerucht dat boer R.L. Buringh een Duits machinepistool bezat. Bij Veldhuis troffen ze Klaas Woltjer, Piet Cnossen, Harm Werkman en de broers Westland uit Wageningen. Ze waren het er unaniem over eens: ze moesten dat "machtig mooie wapen" in handen zien te krijgen. Piet chauffeerde in een politiewagen en reed er met Klaas Woltjer, Henk Haan (Henk Brands) en Jan van der Wal naartoe. De eerste drie in politie-uniform, de laatste als rechercheur in burger. De boer kon hen echter niet meer dan een gewoon pistool, een parabellum, overhandigen. Enigszins teleurgesteld namen de mannen het wapen mee. Ze lieten de man nog weten dat hij zich op het Scholtenhuis kon melden om zijn beklag te doen. Naar verluidt deed hij dit enkele dagen later, en lachte men hem daar hartelijk uit. "*Der dumme Bauer!*" volgens Piet.[18]

Verzetsgezin

Illegaal werk op deze schaal kon niet zonder medeweten van het complete gezin. Vanaf midden 1943 was het een komen en gaan in de Jozef Israëlsstraat, zowel overdag als na spertijd. Een overleg met acht à tien verzetsmensen was normaal, terwijl er ook af en toe mensen langer bleven. Dat moet de buren zijn opgevallen. Klaas Simon gaf aan dat hij juist zelf af en toe uit de ouderlijke woning verdween, want "ons huis werd te bekend".[19]

Moeder Dijkema stond volledig achter het werk. Zij keek er niet meer van op als er 's morgens een pistool op de schoorsteenmantel lag. Zo koelbloedig als zij er onder bleef, zo slecht kon dochter Jantje met de spanning omgaan. Zij was altijd een pientere leerling geweest die geestig uit de hoek kon komen. In de loop

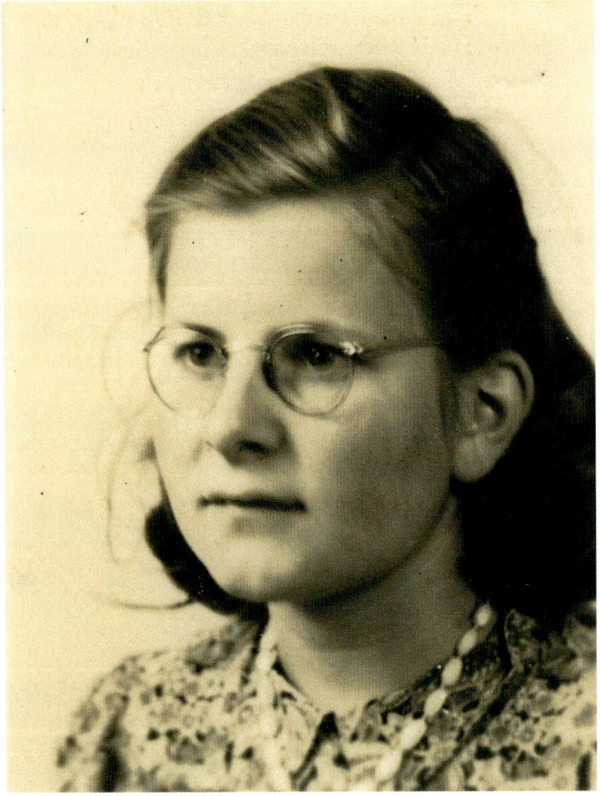

Als jongste van het gezin bracht Martje evengoed illegale kranten rond na schooltijd.

van de oorlogsjaren kreeg Jantje echter psychische klachten, die gecombineerd met de grote spanningen tot problemen leidden. Zij raakte geestelijk overbelast en trachtte op een keer zelfs uit het raam te springen. De ramen vastspijkeren zodat ze niet meer open konden, was op dat moment het enige dat de familie voor haar kon doen. De spanning zou niet afnemen.[20]

Ook Albartus had last van de druk op het gezin. Sinds zijn gevangenschap in Kamp Amersfoort had hij weinig meer kunnen en durven ondernemen. Zijn broers hielden hem vervolgens bewust buiten het verzet, opdat hij zijn opleiding kon afmaken en voor hun moeder kon zorgen. Dat nam niet weg dat ook Albartus nog koeriersklussen deed, bijna onvermijdelijk in dit verzetsgezin. Ook de jongere Simon Albert en Martje wisten niet beter. Zij brachten na schooltijd illegale blaadjes rond.

Simon Albert was te jong om voor de arbeidsinzet in aanmerking te komen en hoefde dus ook geen vervalst persoonsbewijs te dragen. Dat maakte hem geschikt om met boodschappen op weg te sturen. Dan fietste hij naar Dokkum of Zwolle om informatie door te geven of bracht hij materiaal van het ene naar het andere adres. Hij pendelde regelmatig langs de familie Heerema in de Jozef Israëlsstraat, de familie Oltmans aan de Taco Mesdagstraat en de broers Antonides in Zuidbroek. Meestal wist hij zelf niet precies welke informatie hij overbracht, dat was voor alle partijen wel zo veilig. Het bracht Simon Albert af en toe in hachelijke situaties. Zo kreeg hij op zeker moment het verzoek van Reint om een koffer bij de familie Heerema op te halen en deze naar Hessel van der Zee (door zijn verpleegstersvermomming Zuster Jo genoemd) in het Groningse Diaconessenhuis te brengen. Simon Albert wist niet wat er in de koffer zat, totdat deze op straat viel en openklapte: diverse pistolen rolden er uit. Hij griste alles bij elkaar en stopte het snel weer weg, waarna een Duitsc politicagcnt hcm aanhicld... omdat het verduisteringslapje over zijn achterlicht ontbrak. Met alleen een waarschuwing kon hij doorrijden en zijn vracht alsnog bij het Diaconessenhuis afgeven.[21]

Liquidatie

Het bleef niet bij overvallen alleen. Op 20 december 1943 vertelde Reint dat hij opdracht had gekregen om politieluitenant Elsinga te liquideren. Anne Jannes Elsinga was gemeenteveldwachter in Bedum geweest. Vermoedelijk verbitterd om uitblijvende promotie sloot hij zich al voor de oorlog aan bij de NSB, waar hij zich ontpopte als een felle antisemiet. Na de Duitse inval werd hij vrij snel benoemd tot luitenant en hoofd van de Bijzondere Recherche in Groningen. Hij stond bekend als een fanatieke speurder die bij verhoren zeer hard kon zijn.[1] Onlangs was Elsinga op het spoor gekomen van de mensen die verzetskrant *Trouw* in Bedum drukten en verspreidden. Reint stuurde hem eerder al namens het verzet brieven met de waarschuwing om te stoppen met zijn jacht op onderduikers en verzetsmensen. Zo niet, dan zouden ze ingrijpen. Dat moment was nu aangebroken. De LO-Top met daarin onder andere Wim te Lindert, Siet Tammens en Piet Gootjes gaf aan dat de man geliquideerd diende te worden. Het moest voor 1 januari 1944 gebeuren.[2]

Hoewel het verzet verhard was, schrokken de broers er toch voor terug. Zij spraken er uitvoerig over en overlegden met de broers Gootjes die ze bij de voorbereidingen van de kraak in Baflo troffen. Het paste slecht bij hun gereformeerde geloof. Het gebod ‘Gij zult niet doden’ was duidelijk genoeg. Mochten zij dat zomaar overtreden? Deden zij het echter niet, dan kwam Jaap Gootjes naar de stad om de klus te klaren. De broers besloten de opdracht toch aan te nemen.[3]

Anton Meijer, die zich in het najaar van 1943 bij KP Remco had aangesloten, deed het voorwerk. Hij hield Elsinga in de gaten en scharrelde regelmatig rond bij diens woning aan de Peizerweg. Enkele malen ook postten Reint en Piet bij het huis van Elsinga, waar zij vernamen dat zijn vrouw ernstig ziek was. Het plan om zijn woning binnen te dringen, lieten ze daarom varen. Ze wilden “geen consternatie” wekken. Samen met Jaap Gootjes bedachten ze een ander plan. Op eerste kerstdag zouden ze naar de kerk gaan en Elsinga daar een dodelijke injectie toedienen. Lukte dat niet, dan konden ze altijd nog schieten. Zowel ’s morgens als ’s middags togen ze met revolver en injectiespuit naar de kerk; Elsinga kwam echter niet opdagen. Het moest toch op andere wijze gebeuren. Henk Broekstra, die zich al tijdenlang voordeed als NSB-vriend van Elsinga, wist hem ervan te overtuigen dat zo’n machtige politieagent als hij wel zonder lijfwacht kon fietsen. Op de fiets hadden de broers dus wellicht meer kans. Reint en Piet fietsten zodoende op 29 december achter Elsinga aan. De twijfel sloeg weer toe. Reint durfde het niet aan en wilde hem zeker niet in de rug treffen. Piet: “Hij moest een mens de verdoemenis injagen zonder hem gelegenheid te geven zich te bekeren en daarover was hij met zichzelf niet in het reine.” Het liefst wilde Reint alles afblazen, maar dat was volgens Piet geen optie.[4]

Op 30 december stonden de jongemannen weer klaar, allebei langs een mogelijke fietsroute van Elsinga. Wie hem zag, zou hem neerschieten. Hij kwam niet langs Piet in de Zuiderstationsstraat, wel langs Reint aan de Westerkade. Deze schrok er echter ook nu weer voor terug. Op oudejaarsdag moest de beslissing vallen. Reint en Piet gingen samen op pad; Klaas Simon zat op wacht. Even voor negen uur ’s morgens kwam Elsinga naar buiten. Hij nam zijn fiets en ging op weg naar het Scholtenhuis aan de Grote Markt. Op veilige afstand volgden de broers. Elsinga fietste de

Peizerweg en de Paterswoldseweg af en naderde de Basculebrug, de huidige Eendrachtsbrug. De broers waren nu vlak achter hem, ze waren allebei gewapend. Nam Reint hem niet, dan zou Piet schieten. "Hij zou er nu aan", aldus Piet. Het bleek niet nodig. De drie schoten die Reint nu loste, waren voldoende. Elsinga krabbelde nog wel overeind en keek Piet zelfs nog even aan, die al met zijn revolver klaarstond. Hij hoefde echter niet meer te schieten. Elsinga zakte weer in elkaar en bleef op klaarlichte dag dood op straat achter. De broers vluchtten elk een andere kant uit. Reint ging via een vriend door naar Siddeburen, Piet nam de trein naar Rotterdam.[5]

Represailles

Furieus reageerden de Duitsers op de dood van Elsinga, "een van onze allerbesten!" De woede over deze brutale liquidatie midden op de dag was zo groot dat er toestemming kwam voor een *Silbertanne*-actie. Vanaf het najaar van 1943 was het mogelijk om bij aanslagen door het verzet zonder enige waarschuwing vooraf een aantal Nederlanders als represaille te liquideren. Nog diezelfde dag stelden de autoriteiten een lijst op met zeven anti-Duitse Groningers en drie Joden. Leidinggevende over de *Silbertanne*-actie op het Scholtenhuis was Friedrich Bellmer; hij liet zijn mannen

Basculebrug, later de Eendrachtsbrug in Groningen.

weten dat een slachtoffer meer of minder in dit geval niet uitmaakte.[6]

Op oudejaarsavond trokken drie commando's door de stad. Het eerste commando haalde twee mannen thuis op: Bront Bossinga, directeur van de Nutsspaarbank, en meubelfabrikant Freerk Zigterman. Ze schoten de mannen op straat neer. De derde man op hun lijst, Jorrit de Jong, directeur van een verzekeringsmaatschappij, troffen zij niet thuis aan. Het tweede commando zocht tegelijkertijd naar slachtoffers. De Joodse Leo Bohemen werd door hen in zijn woning neergeschoten. Zo doodden ze ook verzekeringsagent Johannes Swint en middelbare schooldirecteur Pieter van Dooren. Hun laatste slachtoffer van die avond was stationschef Dirk Bos, woonachtig in Haren. Op de lijst stonden nog twee niet bij name bekende Joodse Groningers en politie-inspecteur Jan Nienhuis. Geen van hen was thuis, zij hadden op tijd kunnen onderduiken. Desondanks een trieste balans na deze oudejaarsnacht: zes geliquideerde stadgenoten. "Op de vlucht neergeschoten of zich verzet bij hun arrestaties" was op nieuwjaarsmorgen de officiële Duitse verklaring voor hun dood.[7]

De represaille omvatte meer. De *Sicherheitsdienst* (SD) ging eveneens de stad rond om een vijftigtal "als anti-Duitsch bekend staande Groningers" te arresteren. Het was geen willekeurige lijst met namen. Enerzijds waren het mannen uit alle lagen van de bevolking, om de hele stad te treffen. Anderzijds waren het mannen waar de SD zijn bedenkingen bij had, vanwege vermeend verzetswerk. Rond middernacht haalden SD-ers de mannen thuis op, wat tot grote paniek leidde. Een van hen schrok zodanig van de SD aan de deur dat hij een hartaanval kreeg en stierf. Zesendertig mannen werden meegenomen en kwamen als gijzelaar in Kamp Vught terecht. Zij overleefden het kamp en keerden allen naar Groningen terug, de laatste in september 1944.[8]

Mannen die in oudejaarsnacht 1943 opgepakt werden:

J. Bierling, tramconducteur
B. Boelens, student theologie
mr. S. Boersma, leraar Zernike College
A. Boiten, houthandelaar
J. Bolmeyer, magazijnmeester GEB
J. Bolt, bode stadhuis
Joh. de Bruin, administrateur Volksgezondheid
mr.dr. J.L.H. Cluysenaar, secretaris universiteit
L.H. van Dijk, tekenaar GEB
P. Eibergen, leraar
A. Emens, reclametekenaar
W.A. Enklaar, student
prof. J. de Haan, hoogleraar
R. Haandrikman, schilder
J. Heiting, ambtenaar stadhuis
prof.dr. E.W. Hofstee, hoogleraar
A. van der Huure, coupeur
J.H. Klaasesz, ambtenaar stadhuis
A.J. Koning, vertegenwoordiger
L. Loot, tabaksfabrikant
ir. D.R. Mansholt, landbouwconsulent
W.P. Meyer, vertegenwoordiger
A.J. Muller, laborant
dr. P. Muntendam, directeur Volksgezondheid
K.W. Oosting, schilder
ir. W.A. Pull, ingenieur Provinciale Waterstaat
A. Saak, garagehouder
dr. A.M. Schepman, directeur Wolters Uitgeefmaatschappij
P. Schlaman, agent van politie
ir. H.P.J. Schut, directeur Gemeentewerken
dr. J.A. Schuursma, rector gymnasium
A. Snitjer, onderwijzer
C. Strating, directeur postkantoor Haren
L.J. Torringa, vrouwenarts
L. v.d. Veen, bouwvakker
R.H. Vink, arts

Boerderij en onderduik-adres van de familie Knottnerus in Siddeburen.

Twijfel

De liquidatie was een markeerpunt voor de broers Dijkema. De krantenkoppen logen er niet om. Wie meehielp de dader van deze "laffe sluipmoord" op te pakken, kon rekenen op een beloning van 10.000 gulden. Het opsporingsbericht repte van een "lange man, blauwe regenjas, met hoed of schipperspet, gezeten op een rijwiel met massieve banden". Een ooggetuige die Elsinga op de brug zag neervallen, was verbaasd over hoe kalm de schutter weg fietste: "De dader moet zeer koelbloedig geweest zijn."[9] Het was absoluut niet zoals de broers zich voelden.

De liquidatie liet een onuitwisbare indruk achter. Zij hadden iemand gedood, en waren indirect ook nog eens verantwoordelijk voor de genomen represailles. Piet kwam na zijn tocht uit Groningen nog steeds lijkbleek en zeer geschokt in Rotterdam aan, Reint werd er ziek van. Hij was nog die oudejaarsnacht naar Siddeburen gevlucht, naar de boerderij van de familie Knottnerus. Na de nieuwjaarsdienst in de gereformeerde kerk trof Henk Molenhuis bij zijn overburen ook Reint aan. Molenhuis vertelde wat hij zojuist had gehoord over de verschrikkingen in de stad. Niemand, ook verloofde Ina niet, wist op dat moment dat de dader bij hen in de kamer zat. Het verzet was te ver gegaan, was de eensgezinde mening.[10] Dat Elsinga een gevaarlijk sujet was, betwistte overigens niemand. Jaren later zong het op de Peizerweg nog rond dat zelfs Elsinga's moeder weinig mededogen toonde: "Ze hadden hem eerder dood moeten schieten."[11]

Bij Reint sloeg de vertwijfeling toe. Hij raakte zo uit balans dat hij een week lang ziek van ellende in bed bleef bij de familie Knottnerus. Hij raakte in een gewetensconflict, kon het voor zijn geloof niet verantwoorden en was er psychisch zo slecht aan toe, dat hij met het illegale werk wilde stoppen. Desalniettemin was hij blij dat hij zelf de dader was, en dat Piet niet had hoeven schieten.[12] Pas na ruim een maand nam hij aarzelend en met tegenzin weer deel aan het verzetswerk. Hoewel hij grote weerzin had, wist hij ook dat er geen weg terug meer was.

Slachtoffers

Eind januari 1944 toog KP Remco naar het nieuwe distributiekantoor in Zuidbroek, waar kort daarna de bonnen uit Noordbroek zouden arriveren. Met hulp van een kluizenexpert bestudeerden Reint en Hielke Antonides vooraf de nieuwe kluis in de kelder. Hij zette voor hen de grendels op scherp. Jan van der Wal, Hielke Antonides, Reint en Piet konden er op de bewuste avond nu vrij eenvoudig bij komen: "Het was net Sesam open u, de grendels vlogen er af." Eenmaal bij de bewakers aangekomen ging Reint gemaskerd naar binnen en bedwelmde hen met chloroform. Piet en Antonides haalden de kluis leeg, Jan hield de wacht bij de auto. De buit bedroeg ruim 30.000 bonnen. Om deze veilig op te bergen, hadden de mannen nog een spannende rit voor de boeg. Toen ze net buiten waren, kwam er al een bewaker naar buiten, iemand die vermoedelijk goed tegen chloroform kon. Gehaast weggereden raakten ze de weg kwijt en kregen ze ook nog een lekke band. Ze stelden de plannen bij en stalden de auto ergens in een schuur. Met een zak bonnen op de rug liepen ze eerst naar het huis van Lo Bosch, om de volgende morgen door te lopen naar Groningen. Het was een "flinke tippel" aangezien er die nacht volop gepatrouilleerd werd. Piet haalde de auto – zijn "ouwe trouwe merrie" – later wel weer op.[1]

Piet als chauffeur, een rol die bij de bonnenkraken onmisbaar bleek te zijn.

De overval in Wildervank op 31 januari 1944 laat zien dat er voor deze acties veel sympathie was, die zich ook in praktische hulp uitte. Niet altijd met succes overigens. Met Jan van der Wal, Piet Cnossen, Jo Wardenaar en Sieb (Sjors) Jager ging Piet naar het huis van de directeur van de Robaver (Rotterdamse Bankvereniging). De beide Pieten belden aan, verkleed als mannen van de SD. De directeur bleek onderduikers te herbergen, dus deed pas open toen zij allemaal uit zicht waren. Al snel maakten de SD-ers zich bekend als overvallers en konden daarmee direct op steun van de directeur rekenen. Hij was aan beide benen verlamd, maar wilde graag meehelpen. “Rijd mij in het invalidenwagentje naar de kluis, dan zal ik jullie helpen.” De snijbrander om de kluis te openen, kon ook op het karretje mee. Eenmaal bij de kluis ging het echter mis. Het apparaat had te hard in de invalidenwagen gehobbeld en gaf een geweldige vlam; er ontstond grote rookontwikkeling. De kluis raakte vol met een dikke rookwalm en Piet zag volgens zijn eigen verslag “zo zwart als een neger”. Een voorhamer kon ook niets uitrichten. De directeur wilde samen met zijn onderduikers nog op zoek naar breekijzers, maar dat zou te veel opvallen. Zonder bonnen dropen de heren weer af. Terwijl de kraak mislukt was, kreeg het gebeuren nog een extra vervelend staartje. De zoon van de directeur werd een dag later gearresteerd en naar Bergen Belsen gebracht; hij bleef daar tot aan de bevrijding.[2]

De overvallen waren geen kinderspel meer. De Duitse bezetter deed er alles aan om het verzet de kop in te drukken. Het gevaar op ontdekking en afstraffing nam ook voor de jongens Dijkema met de dag toe. De SD zocht bewust naar illegale werkers en gebruikte daar desnoods geweld bij. Korte tijd later, op 10 februari, bleek het onderduikadres van de broers Jaap en Piet Gootjes van KP Bedum verraden. Bij hun aanhouding in Villa Zonnehoek van Klaas Bos in Middelstum ontstond een schietpartij. Bos werd neergeschoten. De jongens probeerden nog te ontkomen, maar dat bleek tevergeefs. De Duitsers schoten hen dood in de greppel waarin ze zich samen verschanst hadden.[3]

De verhoudingen stonden op scherp. Een overval later die maand kreeg ook een bittere nasmaak. Samen met een aantal andere KP-ers togen Reint en Klaas Simon naar Hoogezand. Met zes man braken ze bij het gemeentehuis in, waar politieman H. van Bijssum de wacht hield. Toen hij Reint en Jan van der Wal op zich af zag komen, stak hij eerst zijn handen in de lucht “en begon toen naar zijn revolvertas te grabbelen”. De mannen schoten direct en raakten hem in zijn buik. Dit was niet de bedoeling geweest, dus iedereen verliet haastig het pand. Klaas Simon zat op de tweede verdieping en kwam als laatste naar beneden toen hij de schoten hoorde. Hij zag Reint en Jan naar de uitgang rennen en daar achteraan de weer overeind gekomen politieagent met een revolver in de hand. Toen de agent hem in het oog kreeg, had Klaas Simon weinig tijd om te beslissen: hij schoot tweemaal. Hij sprong een verduisterde kamer in en verstopte zich achter een kast, wachtend op wat komen ging. Toen hij niets meer hoorde, ging hij toch kijken en vond hij Van Bijssum dood, tweemaal in het hoofd getroffen. Klaas Simon raakte in paniek. “Hij riep luide de jongens en liep inmiddels de donkere kamer weer in, weer uit en weer in”, aldus Piet. De anderen haalden Klaas Simon op. Ze namen het pistool van de politieman mee en bemerkten dat het wel geladen, maar nog niet schietklaar was, er zat nog geen patroon in de kamer. Pas toen Klaas Simon hoorde dat de agent had gezegd zich in geval van een overval tot het uiterste toe te willen verdedigen, kalmeerde hij enigszins. Reint was er eveneens door aangedaan. Hij vond dat hij de overval beter had moeten organiseren en dat hij zelf het beslissende schot had moeten lossen, opdat zijn jongere broer het niet had hoeven doen. De SS loofde ook nu een beloning van 10.000 gulden uit voor wie de daders kon uitleveren.[4] De prijs op de hoofden van de Dijkema’s werd steeds groter.

Tijd voor een adempauze was er niet. Reint kreeg een nieuw verzoek voor een liquidatie, nu op onderluitenant Jannes Keijer in Bedum. Hij aanvaardde de opdracht met tegenzin, en besloot zich nog beter voor te bereiden. Hij wilde zelf beoordelen of de liquidatie werkelijk nodig was. Met Piet en Klaas Simon zwierf hij rond in de 2e Willemsstraat, om uit te zoeken wie Keijer was. Gewapend met wat foto's kwamen ze hem tegen. Omdat Piet dacht dat het een gewone agent was en geen aanstalten maakte om hem te overmeesteren, ondernam Reint ook geen actie. Toen later ook nog eens bleek dat er een andere KP-groep achter de man aanzat, lieten ze de opdracht schieten. Politieagent en KP-er Wim te Lindert nam de taak op zich. Reint en Piet waren er niet rouwig om. Wel hielden ze de omgeving nog enige tijd in de gaten, om te kunnen ingrijpen als er ook nu weer represailles zouden volgen. Deze vergelding kwam er wel nadat Keijer enkele dagen later werd neergeschoten, maar vonden ditmaal niet in de stad Groningen plaats.[5]

Overvallen lagen de broers Dijkema beter, hoewel Reint daar ook genoeg van kreeg. Hij wilde alleen nog voorbereiden en organiseren, zoals in april 1944 met Willem Jan (Frits) Brander voor een overval op het gemeentehuis van Wehe-Den Hoorn. Piet en Klaas Simon waren erbij, evenals Gepko Hahn, Jan van der Wal, Klaas Wigboldus, Wim te Lindert en M. Heinrich (Rooie Henkie). Klaas Wigboldus patrouilleerde voor de deur en Klaas Simon hield de wacht in het tegenoverliggende café. De opvallend grote groep KP-ers bij deze overval had een keerzijde, zoals Te Lindert later aangaf. Toen ze die ochtend vertrokken, wensten diverse mensen hen een goede reis. Hun acties raakten te bekend. Op klaarlichte dag gingen eerst Piet en Wim te Lindert naar binnen en namen het personeel en de bewaking onder schot. Vervolgens kwamen de anderen om de kluis leeg te halen. Toen ze daarmee bezig waren, ging de telefoon. Piet nam op. Het bleek een vraag over een registratiekaart te zijn, die hij – volgens zijn eigen verslag – netjes afhandelde: "Komt in orde meneer, zei Piet beleefd, de zaak is in behandeling, over een uurtje bel ik u terug." Ook Te Lindert herinnerde zich dat voorval, evenals dat er nog een koffiejuffrouw langskwam en verschillende overvallers een kopje koffie namen. Ze voelden zich duidelijk meer ontspannen bij een kraak dan bij een liquidatie. Na twintig minuten stond iedereen weer buiten, met een buit aan bevolkingskaarten, distributiebescheiden en stempels. De bevolkingskaarten zouden verbrand worden en de geroofde uniformen kwamen bij de verzameling. Klaas Simon kon zijn bezoek aan het café besluiten. Een zinvol bezoek,

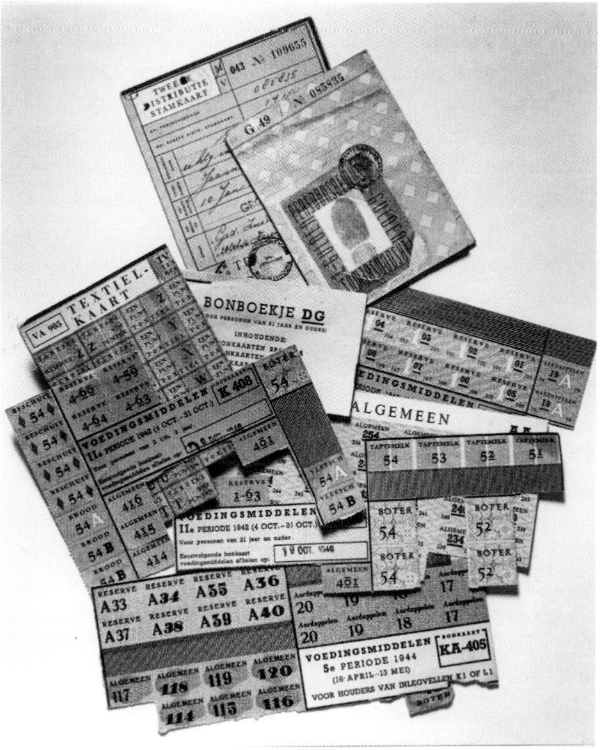

Persoonsbewijzen, distributiekaarten, voedselbonnen en textielbonnen bleven continu van groot belang om onderduikers te kunnen helpen (Collectie RHC Groninger Archieven).

aangezien de dienstdoende juffrouw argwanend naar buiten keek. Zij vroeg hem wat er te doen was, "het leek volgens haar wel een kraakje". Volgens Te Lindert loste Klaas Simon het op door luchtig te reageren: "Wel nee juffrouw, hoe komt u bij een overval? Het zal wel een controle of iets dergelijks zijn." Om haar uit de buurt te houden, betaalde hij zijn rekening met groot geld. Zij moest nu wel naar achter om geld te wisselen. Eenmaal terug was er geen overvaller meer bij het gemeentehuis te bekennen.[6]

Leiding noordelijke KP's

De samenwerking binnen het Groninger verzet was niet optimaal, waardoor de veiligheid van de betrokkenen gevaar liep. Vanuit de landelijke organisatie kwam Johannes Post op zeker moment naar Groningen om er meer lijn in te brengen. Post legde eerst contact met de erkende leiders Egbert Gernaat (Piet van den Berg, Piet Ronner) en Wim te Lindert, en kwam vervolgens bij Reint Dijkema uit. Reint was opgegroeid in Siddeburen en studeerde in Groningen. Dat maakte hem een goede partij voor zowel Stad als Ommeland. Johannes Post vroeg hem, ondanks zijn jonge leeftijd, de leiding van de provinciale Groningse KP op zich te nemen. Reint besprak het verzoek met Gernaat en wimpelde het af. Hij vond zichzelf niet welbespraakt genoeg en voelde zich evenmin de krachtfiguur die je in deze functie moest zijn.[7] Dat hij geen krachtige uitstraling had, herhaalde Reint later nog eens in een verslag over een bijeenkomst met andere verzetslui. Reint zag weinig heil in hun plannen, en volgens hem waren de anderen "erg teleurgesteld dat Jan, Piet en ik er zo weinig indrukwekkend uitzagen".[8]

Reint kreeg echter nogmaals het verzoek om de leiding op zich te nemen tijdens een vergadering bij de familie Veldhuis waar mannen uit diverse KP-groepen aanwezig waren: de al nauw met hem samenwerkende KP Slochteren, evenals KP Wim en KP Woldendorp. Het leverde het illustere gezelschap op van Hendrik Ernst de Haan (Lange Henk), Harm Molenkamp, Kees Roeters, Piet van Slochteren, Henk Veldhuis, Willem en Koos Westland en Klaas Roelof Woltjer. Zij waren het er over eens dat samenwerking geboden was, en dat Reint de meest geschikte commandant zou zijn. Nu de druk zo hoog was, nam Reint alsnog de positie van KP-leider aan, als iedereen zich tenminste op zijn eigen terrein bewoog. De angst was groot dat met de arrestatie van een enkele onderduiker een hele groep verzetslieden opgerold kon worden.[9]

Het lukte niet. Ondanks een duidelijke geografische afbakening bleven de groepen volkomen door elkaar heen werken. Reint gaf de opdracht terug. Te veel onderling wantrouwen en te veel ongecoördineerde losse acties. Piet van Slochteren vatte het na de oorlog als volgt samen: "Op papier – of liever in de hoofden – was het echter wel in orde."[10]

De eigengereidheid had ook goede kanten en leidde in mei 1944 tot een belangrijk waagstuk. Op een vergadering in de huiskamer van mevrouw Dijkema kwamen vier leiders van KP-groepen bijeen. Daar ontvouwde Johannes Post zijn plan om drukkerij Hoitsema aan de Tuinbouwstraat in Groningen te overvallen, sinds het najaar van 1943 dependance van landsdrukkerij Enschede en Zonen. Huib Ottevanger gaf hem een tip over wachtmeester M. Pol, die wel mee wilde helpen. Pol wist te vertellen wanneer er veel bonnen in huis waren. Hij zou op de dag van de inval zijn brood vergeten en vragen of zijn dochter het pakketje alsnog even mocht brengen. Als zij aanbelde, konden de KP-ers binnendringen. Post wilde met KP Trouw naar het noorden komen om deze klus te klaren. Dat was tegen het zere been. "Geen westerlingen hier, dat doen we zelf", kreeg Post te horen, "mankracht genoeg." Reint had ook al plannen gehad om de drukkerij te overvallen, maar deze wegens mogelijk verraad uitgesteld. Ondanks aarzelingen of KP-groepen wel samen konden werken, kwam het daar nu uiteindelijk wel op neer. Post bereikte toch wat hij wilde.[11]

Drukkerij Hoitsema

Om kwart over zes 's avonds op woensdag 17 mei 1944 trok Reint aan de bel bij de bedrijfsleider, boven drukkerij Hoitsema. De man was alleen thuis en deed zelf open. Reint drukte hem een pistool onder de neus en dwong hem op de trap plaats te nemen; hij hield hem gedurende de kraak onder schot. Jan van der Wal reed even later de Tuinbouwstraat in op een gestolen politiefiets, belde even verderop aan bij een bedrijfspolitieman van Hoitsema die op dat moment geen dienst had. Zijn woning was verbonden met de alarminstallatie van de drukkerij. Van der Wal legitimeerde zich als rechercheur en vroeg of hij een poosje gebruik mocht maken van de woonkamer om het huis aan de overkant te observeren. Zo kon hij de bedrijfspolitieman ongemerkt in de gaten houden.[12]

Piet was al in de loop van de middag op de motor naar Slochteren gereden om een oude Chevrolet op te halen. De auto stond verscholen in de schuur van de boerderij van Adolf Zuidhof. Hij reed langs het Winschoterdiep naar Groningen. Bij Waterhuizen passeerde hij een bunker met twee landwachters als wachtpost. Ondanks hun stopteken reed hij door, er op rekenend dat het bordje 'politie' op zijn auto hem daar een vrijbrief voor gaf. Ze noteerden waarschijnlijk zijn nummerbord, maar hij had voor de zekerheid nog een paar reserveborden bij zich. Piet draaide op de afgesproken tijd vanuit de Noorderstationsstraat de Tuinbouwstraat in en zag Klaas Simon op de uitkijk staan.

Bij drukkerij Hoitsema ging ondertussen de bel. "Dat zullen mijn boterhammen zijn", zei wachtmeester Pol. Een bewaker liep naar de deur, keek door het spionnetje, zag een meisje (koerierster Gré) staan en vroeg wat ze wilde. "Ik kom de boterhammen brengen voor mijn pa." De bewaker deed de deur open, waarna Wim te Lindert, Theo de Ruig en M. Heinrich naar binnen stormden. Binnen de kortste keren ontwapenden ze de bewakers en dreven hen in een hoek. Het

Naar verluidt kon Klaas Simon niet wachten tot hij aan het echte verzetswerk mocht deelnemen, 1943.

was nu half zeven en zoals gebruikelijk ging ieder half uur de telefoon. De mannen lieten weten dat alles in orde was.

Theo de Ruig, wachtmeester Pol en Piet droegen de dozen bonkaarten naar de uitgang. Gepko Hahn en Klaas Wigboldus plaatsten ze in de auto. Eigenlijk zou ook Hahn een auto meenemen, maar deze had niet willen starten. Alles moest nu dus in één auto. "De auto was te zwaar beladen en zakte gedurig door de veren", aldus Piet. Plaats voor hem als chauffeur was er nauwelijks, terwijl Hahn en Pol ook nog mee moesten. Voor ze vertrokken, maakten ze de telefoon onklaar. Na twintig minuten lag de Tuinbouwstraat er weer bij alsof er niets was gebeurd.

Voor de zekerheid reed Piet met een kleine omweg via Eelde en Vries naar Dennenoord in Zuidlaren. Onderweg wisselde hij nog maar een keer van nummerplaat omdat er weer controle was geweest en hij daar "met een stalen gezicht" was doorgereden. Bij Dennenoord wachtten Johannes Post en dokter J.J. Speelman de auto op, laadden ze de buit uit en maakten ze deze

Reint ondergedoken bij Ina en haar zus Wil op 20 mei 1944, enkele dagen na de overval op drukkerij Hoitsema.

klaar voor verzending. Daarna ging ieder zijns weegs. Alleen Pol bleef voorlopig op Dennenoord, zogenaamd met een ernstige besmettelijke ziekte. Enkele dagen later bracht een ambulance hem naar Apeldoorn, waar vandaan hij doorreisde naar het onderduikadres van zijn vrouw en kinderen. Hun inzet was niet voor niets geweest: de kraak leverde 133.450 bonnen op, de grootste buit ooit.

De bonnen waren overigens niet direct geschikt voor gebruik. De Duitsers verordonneerden dat de bonnen uit deze lichting een extra rasterwerk op de achterzijde moesten hebben; daarmee was de partij in principe onbruikbaar. Het kostte de nodige moeite, maar uiteindelijk werd dit probleem omzeild en kon het merendeel van de bonnen met het juiste rasterwerk uitgedeeld worden.[13]

De broers Dijkema hielden zich even gedeisd na deze overval. Twee weken later haalden Reint en Piet in Noordbroek een auto op, die ze enkele weken eerder hadden meegenomen uit een garage van een Duitsgezinde Nederlander in Winschoten. Ze overnachtten in Noordbroek en de volgende dag brachten ze de auto naar een nieuw onderduikadres in Hoogezand. Daar zouden ze de auto ombouwen tot een gevechtswagen met ingebouwde mitrailleur. Het was de bedoeling dat er op vier strategische punten in de provincie een dergelijke gevechtswagen startklaar stond voor eventuele acties. Op de motor keerden ze terug naar Groningen en op hun schuiladres bij mevrouw Buning, Boterdiep 57c, verborgen ze hun wapens in de dakgoot. Die zaterdagmiddag 3 juni vertrok Reint naar Ina in Siddeburen, Piet ging naar Hanny in Velp en Klaas Simon zocht zijn heil op een van zijn vaste onderduikadressen in Steenwijk.[14]

Ze waren moe van alle spanningen van de laatste weken en wilden een paar dagen rust. Of zoals Piet het later noteerde: “Reint wilde niet langer steevast met de revolver in de zak lopen. Hij wilde eens een poos gewoon burger zijn en niet een KP-er, voor wie het eerste schot minstens een daalder waard is.”[15] De korte rustpauze zou anders uitpakken.

Arrestatie

Zondagmorgen 4 juni, vroeg in de ochtend, ging bij de familie Knottnerus de telefoon. Iemand uit Hoogkerk voor Reint met de boodschap: "Het is niet pluis in de stad." Reint wist genoeg. In de voorbije week had de SD een aantal belangrijke arrestaties verricht. Onder andere Henk Veldhuis, de broers Westland en Klaas Woltjer waren opgepakt, evenals Hessel van der Zee, Auke Dijkstra, Frits Eysink en Cornelis Kraal. Door verraad en het daaropvolgende sneeuwbaleffect kreeg de SD opeens greep op een groot deel van het ondergrondse netwerk.[1] NSB-lid en politieman Jaap van der Sluis van de Bijzondere Recherche had een dag eerder de speciale opdracht gekregen Reint Dijkema op te sporen en te arresteren. Hij had bij Reint op de HBS gezeten, dus zou hem eenvoudig kunnen herkennen. Hij had er nog geen dag voor nodig.[2]

Reint deed immers precies wat hij beter niet had kunnen doen. Na het telefoontje nam hij afscheid van Ina – het zou de laatste keer zijn dat hij haar zag – en fietste naar Zuidbroek om de trein naar Groningen te nemen. Hij wilde redden wat er nog te redden viel. In de stad fietste hij van adres naar adres om mensen te waarschuwen. Zijn moeder kreeg een seintje dat zij in Loppersum moest blijven bij haar vader, en de in de Jozef Israëlsstraat aanwezige wapens werden naar een overbuurman even verderop verhuisd. De vele uniformen en accessoires moesten achterblijven.

In de Oude Boteringestraat kwam hij Jaap van der Sluis tegen, in burger maar gewapend. Van der Sluis fietste achter Reint, trok zijn revolver en beval hem door te blijven fietsen richting het Scholtenhuis op de Grote Markt. Reint was ongewapend en kon daardoor weinig uitrichten. Hij wist nog wel zijn fiets zo te manoeuvreren, dat de vroegere klasgenoten tegen elkaar botsten. Na de botsing rende Reint de smalle Poststraat in, een zijstraatje dat toegang gaf tot het terrein van de Universiteitsbibliotheek. 's Nachts en in de weekends was het straatje echter afgesloten door een fors hek. Hij zat in de val. Van der Sluis arresteerde hem en dirigeerde hem naar zijn fiets, waarna Reint nogmaals op een botsing aanstuurde. Er ontstond een handgemeen en Reint probeerde Van der Sluis zijn revolver te ontfutselen. Ondertussen schreeuwde Van der Sluis om de SD. Er verscheen een Duitser, die de situatie niet meteen begreep. Hij vroeg Van der Sluis zich te legitimeren omdat deze een revolver droeg. Van deze gelegenheid maakte Reint gebruik om er opnieuw vandoor te gaan. Weer vluchtte hij de Poststraat in. Van der Sluis vuurde vijf keer zonder hem te raken. In de tussentijd rende een patrouille Duitsers vanaf de Grote Markt de Oude Boteringestraat in. Ze zagen Reint, die over het hek aan het eind van de Poststraat probeerde te klimmen. Een schot raakte Reint in zijn linker onderarm. Zijn ellepijp brak en hij viel op straat. Hij werd geboeid naar het Scholtenhuis afgevoerd.

Het Scholtenhuis

Het Scholtenhuis was aan het eind van de negentiende eeuw gebouwd als een 'stadspaleis' voor grootindustrieel Willem Albert Scholten, grondlegger van de aardappelmeelindustrie. In 1940 nam de Duitse bezetter het pand in bezit en vestigde hier het noordelijke hoofdkwartier van de *Sicherheitspolizei* (Sipo) en de *Sicherheitsdienst* (SD). De gemiddelde Groninger maakte geen onderscheid tussen de twee organisaties: dit was hoe dan ook een plek waar je niet terecht moest komen. Al tijdens de oorlog deden gruwelijke verhalen de ronde over de manier waarop de Duitsers daar vooral met

De Duitse aanwezigheid viel op de Grote Markt niet te negeren. Presentatie van de Wehrmacht met aan de rechterzijde het Scholtenhuis (Collectie RHC Groninger Archieven).

politieke gevangenen – verzetslui – omgingen. Voor de *Gestapo* was het martelen van gevangenen dagelijkse kost. Het hoorde bij hun manier van ondervragen en stond voor hen dan ook niet ter discussie. Toen het Scholtenhuis kort voor de bevrijding in april 1945 in vlammen opging, was niemand er rouwig om. Het zou niet meer herbouwd worden.[3]

Eenmaal in het Scholtenhuis kwam Reint, geboeid aan handen en voeten, in een kamer terecht waar hij voor een bureau moest blijven staan. De landwachter die hem moest bewaken, legde achteloos zijn geweer op het bureau. Wat kon een dubbel geboeide arrestant met een gebroken arm nog beginnen? Er bleek toch nog iets mogelijk: "[Reint] liet zich voorover vallen, greep het geweer, zette zich af, zodat hij weer terugviel en schoot, half zittend, half liggend de op hem toelopende landwachter neer."[4] Het slachtoffer was Ernst Geert Oosterhuis, een 52-jarige Groninger. Hij werd zwaargewond naar het ziekenhuis gebracht en overleed daar de volgende dag. In *Volk en Vaderland* plaatsten zijn leidinggevenden een rouwadvertentie voor hun "door moordenaarshand gevallen" kameraad.[5]

Het leek een koelbloedige actie na de zo problematisch ervaren liquidatie van Elsinga. Reint was echter op de hoogte van de martelpraktijken in het Scholtenhuis. Het was maar zeer weinig mensen gegeven tot het bittere einde hun mond te houden. Reint wist wat hem te wachten stond en hij was bang dat hij zou doorslaan. Door deze actie hoopte hij dat de Duitsers hem in hun razernij meteen zouden doodschieten. Een aantal mannen stormde de verhoorkamer binnen, maar in plaats van te schieten bewerkten ze Reint met hun geweerkolven. Vooral zijn gezicht moest het ontgelden. Na enige tijd lieten ze hem op de vloer achter in de veronderstelling dat ze hem hadden doodgeslagen. Toen bleek dat hij nog leefde, brachten ze hem naar het ziekenhuis waar ze zijn linkerarm lieten spalken en zijn wonden verzorgden. De eigenlijke verhoren moesten nog beginnen, de eigenlijke martelingen ook.[6]

Terug in het Scholtenhuis kwam Reint verschillende bekenden tegen. Met het oprollen van grote lijnen van het Groningse verzet was dat bijna onvermijdelijk. Het is lastig te achterhalen wat oorzaak en gevolg was. Wie had de naam van Reint genoemd, en welke namen gaf hij vervolgens prijs? Gepko Hahn en Wim te Lindert werden bijna tegelijkertijd gearresteerd, enkele dagen na Reint.[7] De SD kende diverse namen, maar wist vaak nog niet hoe het precies zat. Bij de verhoren bleek nu dat Reint opperluitenant Elsinga had geliquideerd, dat gaf hij zelf toe. Ook bleek dat Te Lindert verantwoordelijk was geweest voor politieman Keijer; de bij deze liquidatie aanwezige M. Heinrich bleef ongenoemd. De SD koesterde al de nodige vermoedens tegen Te Lindert, die zij nu bevestigd zagen aangezien "terrorist Dijkema" hem ook noemde en hij later zelf bekende.[8]

Een ooggetuige

Jacob Schuurmans was een Nederlands-hervormde zendingspredikant die in mei 1940 net met verlof in Nederland was geweest. Hij deed het een en ander voor dagblad *Trouw* en daarom belandde hij op 7 juni 1944 ook in het Scholtenhuis. Daar maakte hij zo goed en zo kwaad als het ging kennis met Reint, Gepko Hahn en Wim te Lindert. Schuurmans viel onder een ander regime dan de jongens. Hij overleefde de oorlog en schreef later een indringend verslag over zijn tijd in het Scholtenhuis, zie voor de volledige tekst bijlage 1. Anders dan Schuurmans waren de jongemannen alle drie aan handen en voeten gebonden, en vooral Reint was er slecht aan toe. "Zijn ene arm was gespalkt. Zijn kleren zaten slordig om zijn lichaam en hier en daar zat er bloed op. Hij had geen schoenen aan. Zijn gezicht was gekneusd en gezwollen. Meestal waren zijn diepliggende ogen gesloten." De kneuzingen waren het gevolg van de eindeloze verhoren die zeker de eerste dagen regelmatig plaatsvonden. In de verhoorkamers, soms ook op de zolder in het bijzijn van de andere gevangenen. De woede over de dood van Elsinga was nog niet bekoeld; Reint bleef niets bespaard. Hij bekende dan ook alles wat hij zelf gedaan had en gaf een aantal namen prijs, zoveel mogelijk van verzetsstrijders die al gesneuveld waren of die bij de verhoorders bekend waren. Zo hadden ze het vooraf ook afgesproken: alleen namen noemen van mensen die het toch niet meer kon raken om zo nog levende collega's te sparen.

Het nam niet weg dat ook Reint waarschijnlijk meer losliet dan hij wilde. In een kort voor zijn executie geschreven brief gaf hij aan wat hij onder dwang had moeten vertellen. Daaruit bleek hoe de verhoorders hem onder druk zetten. De martelingen beschreef hij niet, wel noteerde hij dat de Duitsers hem foto's toonden en dan vertelden wie dat waren. Zo lieten ze zien hoeveel er al bekend was, en soms verraadden ze daarmee ook wat ze juist nog niet wisten. Intimiderend was dat zij op de hoogte waren van bepaalde familiezaken. "Ze weten dat Albartus eindexamen HBS moet doen", noteerde Reint.[9]

Schuurmans was onder de indruk van de kalmte die Reint tentoonspreidde. "Hij had onder de mishandeling geen kik gegeven. Hij moest nu met het gezicht naar de muur staan, maar even keek hij opzij en onze ogen ontmoetten elkaar en een spottend lachje kwam op zijn gezicht." Toen Schuurmans hem liet weten dat hij die mishandelingen zo vreselijk vond, antwoordde Reint: "Eigenaardig, ik voel er niets van. 't Is vreemd, maar 't is net of ze me op geen enkele manier pijn kunnen doen." Reint leek alles vrij rustig op te nemen. Hij wist waar hij aan toe was en liet zich die laatste periode niet gek maken. Toen hij met geboeide handen zijn kleding enigszins probeerde te fatsoeneren, beet een van de bewakers hem toe: "Laat zitten, jong, dat ding. Wat doet het er toe hoe jij er uit ziet? Jou schieten ze toch dood." Volgens Schuurmans antwoordde Reint kalm en rustig: "Dat weet ik wel, maar zolang je leeft wil je er toch ook nog een beetje netjes uitzien, als dat mogelijk is."

De sfeer werd gaandeweg minder gespannen. Overdag zaten ze op de volle zolder, 's nachts hadden de vier mannen een eigen kamer, nog wel met bewaking en continu vastgebonden. De opperwachtmeester bracht uiteindelijk wat verlichting, in de vorm van sigaretten. Ook de Nederlandse SD-man P. Luchtenberg nam zo af en toe wat te roken voor hen mee. "De jongens waren opgetogen en rookten een groot deel van de dag", volgens dominee Schuurmans. Luchtenberg bracht op verzoek zelfs enkele boeken mee, wat Reint de opmerking ontlokte dat hij hoopte dat als de rollen ooit omgedraaid zouden zijn Luchtenberg op vergelijkbare barmhartigheid mocht rekenen.[10]

De drie mannen wisten dat een ter dood veroordeling onvermijdelijk was. Gepko Hahn was daar af en toe erg somber over, Reint leek er minder door aangedaan. Schuurmans: "Hij sprak veel over zijn moeder, zijn verloofde, zijn broers, weinig over zichzelf. Een heel enkele keer zei hij: 'Wat een idealen moet men

Ina en Reint in gelukkiger tijden.

toch opgeven. We stonden nog vóór het leven en nu te weten dat het ineens zo moet aflopen.'" De mannen gaven zich overigens nog niet helemaal gewonnen. Zo bespraken ze mogelijkheden om te ontsnappen, al was het maar om de moed er in te houden. Na ruim een week vroeg Reint of hij zijn moeder en verloofde mocht schrijven. Hij kreeg potlood en papier, en schreef met geboeide handen twee brieven. Ze zijn zover bekend nooit verstuurd.

Dominee Schuurmans vertrok uiteindelijk als eerste. Na tien dagen in het Scholtenhuis moest hij naar het Huis van Bewaring. "Bij het haastige afscheid, dat ik van de drie anderen moest nemen, zei Reint: 'Als u vrij komt, wilt u dan aan mijn moeder en aan Ina zeggen, dat ik mij nooit verlaten heb gevoeld?'"

Naar Vught

Na een laatste verhoor werd Reint op 18 juni 1944 naar Kamp Vught vervoerd. Het was de verjaardag van zijn verloofde. Reint lag op een brancard, hij kon niet meer staan, omdat zijn voeten kapot waren geslagen. Op de meegegeven documenten stond een rood kruis: de doodstraf. Ook Wim te Lindert en Gepko Hahn arriveerden later in Vught. Zij werden echter niet ter dood veroordeeld en kwamen in verschillende kampen terecht. Te Lindert zou de oorlog overleven; Hahn stierf in maart 1945 in Neuengamme.[11]

Kamp Vught heette officieel *Konzentrationslager Herzogenbusch* en was het enige SS-concentratiekamp in Nederland. Halverwege 1942 was met de bouw van het kamp begonnen. Om het terrein lag een door de gevangenen gegraven gracht met aan weerszijden prikkeldraad; om de honderd meter was een wachttoren geplaatst met 24 uur per dag bewakers met mitrailleurs en schijnwerpers. Het kamp was onderverdeeld in een aantal kleine kampen met verschillende categorieën gevangenen zoals verzetsstrijders, links-radicalen, communisten, zogenaamde asocialen, Jehova's getuigen, homoseksuelen en zigeuners. Onvermijdelijk fungeerde het kamp ook als doorgangskamp voor Joden, die hier vandaan naar de vernietigingskampen werden gedeporteerd. Ten noorden van de verschillende barakken stond een ommuurd gevangenisgebouw met honderdvijftig cellen: de bunker. Een cel had een oppervlakte van ongeveer negen vierkante meter en een klein raam met tralies. Met enige moeite konden de gevangenen op de binnenplaats kijken. In iedere cel lag een strozak en stond een emmer, waarin de gevangene zijn behoefte kon doen. Reint werd bij aankomst direct in zo'n cel opgesloten, zijn laatste onderkomen.[12]

Vanwege de opmars van de geallieerden maakte de Duitse bezetter in deze periode haast met het liquideren van de belangrijkste gevangenen. Op een kilometer afstand van het kamp legde de kampleiding een fusilladeplaats aan. Begin juni executeerden zij de eerste gevangene uit Vught, op 16 september de laatste vier. In totaal hadden toen 329 gevangenen de fusilladeplaats betreden. In de maanden augustus en september vonden er bijna dagelijks executies plaats. Op 22 augustus 1944 was het de beurt aan Reint Dijkema.

Tussen de 329 namen op het monument bij Kamp Vught in de rij van Groningse slachtoffers: Reint Dijkema, gefusilleerd op 22 augustus 1944.

Na de arrestatie aangetroffen op het bureau van Reint, in zijn handschrift:

Ik ben maar een bange soldaat

Ik ben maar een bange soldaat van God
Een die de geschillen niet op wil drijven
En die, uit angst, met strijdlust spot
Wijl hij hoopt zonder offers christen te kunnen blijven.

En wanneer Zijn mond zegt: sterven
Smeekt mijn hart om verder te mogen leven
Het kleine bestaan zonder zorg, zonder strijd
En zonder mezelf ooit geheel te geven.

Ik ben maar een bange soldaat van God.
"Men moet de vroomheid niet overdrijven"
Ik weet een uitleg voor 't hardste gebod
Maar… zal ik zo christen kunnen blijven?[13]

Een opgejaagd gezin

Direct na de arrestatie van Reint was het voor de leden van het gezin Dijkema duidelijk dat zij zich gedeisd moesten houden. Piet en Klaas Simon waren ten tijde van de arrestatie respectievelijk in Velp en in Steenwijk. Moeder Dijkema was net een paar dagen eerder met Simon Albert, Jantje en Martje naar haar vader Riepma in Loppersum gegaan, en bleef daar voorlopig. Albartus was nog wel in de buurt van het ouderlijk huis. Hij zat aan de overkant van de straat bij een vriend, Anton Bakker, zijn huiswerk te maken. Hij zag dat er iets stond te gebeuren en is via brandgangetjes naar schoolgenoot J. de Wilde in de Wassenbergstraat gegaan om daar een tijdje onder te duiken.[1]

De woning van de familie Dijkema werd inderdaad nog op zondag 4 juni grondig doorzocht en daarna verzegeld. Enkele dagen later haalde de nationaalsocialistische organisatie Winterhulp het huis leeg en werden NSB-gezinnen met de spullen verblijd. De rest gooiden ze op straat. Het enige dat moeder Dijkema na de oorlog van haar inventaris terugzag, was een door haar zelf geborduurd schilderij met een vos. Het doek hing enkele jaren na de oorlog op het Zuiderdiep bij een antiquair in de etalage. Slechts door het terug te kopen kon zij het weer in haar bezit krijgen. Zo hervond zij ook een rijtje medische boeken van haar man, te herkennen aan zijn handtekening op het schutblad.[2]

Persoonsbewijs van Klaas Simon met zijn eigen naam en haarkleur.

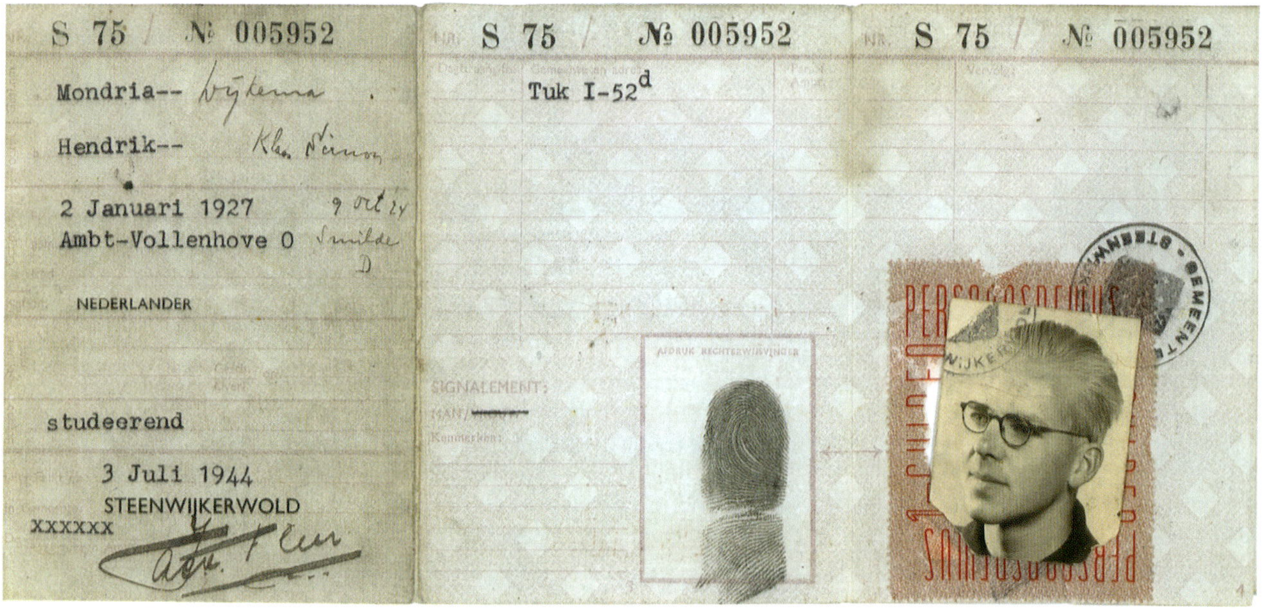

Klaas Simon nu met geblondeerd haar als de drie jaar jongere Hendrik Mondria.

Klaas Simon kwam in de loop van die zondag in Groningen aan, waar Harry Niemeijer hem opwachtte en hem waarschuwde niet naar de Jozef Israëlsstraat te gaan. Klaas Simon informeerde in de stad naar Reint en ging 's avonds naar het Boterdiep. Hij vertrouwde er op dat Reint dit adres nooit zou prijsgeven, dus dacht rustig te kunnen slapen. Tegen twaalf uur 's nachts werd er echter gebeld. Er waren nog veel meer KP-ers opgepakt en de SD kamde nu de halve stad uit. Ook zijn hospita, mevrouw A. Buning-Boerma, moest het ontgelden. Na de vondst van een fles natrium en een fles fosfor moest zij naar Kamp Vught, van waar zij later naar een kamp in Duitsland zou gaan. De huiszoekingen waren hiermee nog niet ten einde. Een voormalige hospita van Reint – mevrouw Hospers in de Pelsterstraat – kreeg eveneens bezoek en moest ook naar een kamp.[3] Beide hospita's overleefden de oorlog.

Ondertussen vluchtte Klaas Simon blootsvoets via het dak naar het terrein van de Gasfabriek waar hij de nacht doorbracht. 's Morgens vroeg zocht hij hulp bij een van de fabrieken. Hij kreeg er een paar sokken en klompen. 's Middags wist hij verstopt in een kist met de bodewagen naar Steenwijk te komen. Daar lag immers een voorraad gestolen distributiekaarten verstopt die nog deze maand uitgedeeld moesten worden. In Steenwijk moest hij ondergedoken blijven tot iemand hem zou ophalen. Met door Hanny geblondeerd haar mat hij zichzelf een nieuwe persoonlijkheid en een nieuw persoonsbewijs aan; hij ging nu als Hendrik Mondria door het leven. Schuilnamen en valse persoonsbewijzen waren voor de jongens al vertrouwde kost. Ook Piet had diverse identiteiten en heette dan weer Ben, Gert of Leo.[4]

Het werken met vervalste papieren bleek overigens nog een kunst op zich. Kort na de arrestatie en net weer in Steenwijk werd Klaas Simon door een landwachter aangehouden. Hij had drie persoonsbewijzen op zak en pakte prompt het verkeerde. Volgens deze pas was hij zeventien jaar oud, terwijl hij op dat moment een baard droeg. De landwachter merkte de verwarring op en pakte zijn portefeuille met de verschillende identiteitsbewijzen. Om te ontkomen, trok Klaas Simon zijn pistool en vluchtte op een fiets weg. Bij de achtervolging werd hij geraakt door enkele hagelkorrels uit een jachtgeweer. Het gebeuren vormde later de bron voor een kort verhaal van schoonzus Hanny, die de hoofdpersoon over de te verwijderen hagelkorrels liet zeggen: "Of die landwachters me nog meer van die rommel in mijn hoofd willen werken, moeten zij weten. Maar dan laat ik ze er rustig in zitten. Is me dat een gebeul!" Voor het complete verhaal, zie bijlage 3. Wat uit dit verhaal niet blijkt, is dat Klaas Simon zelf ook een landwachter raakte. "Henk [Klaas Simon] schoot een paar maal in hun richting, maar ze waren al te ver weg", volgens het verhaal. De politieverslagen van 7 juni 1944 vermeldden echter: "Gisterenavond is een agent van de hulppolitie door een terrorist in de kaak geschoten. Men vermoed[t] dat de dader een broer van Dijkema is."[5] Het "akkevietje met de landwacht", zoals Piet het in zijn verslag vermeldde, had dus toch iets meer voeten in de aarde.

De jongste kinderen zaten veilig in Loppersum en kregen praktische hulp door een kledinginzameling in Siddeburen. Moeder Dijkema bleef uiterlijk kalm: "De Heer heeft gegeven en heeft genomen, de naam des Heren zij geloofd", vertrouwde zij Henk Molenhuis toe.[6] Toch kampte het gezin ook daar met problemen. Voor

Illustratie bij het verhaal 't Ventje en de Landwacht, dat schoonzus Hanny over Klaas Simon scheef, door H. van Ingen.

De angst en onzekerheid na de arrestatie van Reint stegen zeker bij zijn jongere zus Jantje tot grote hoogten.

Jantje, die eerder al last van psychische spanningen had, was de situatie nu niet meer te harden. Zij bedreigde haar moeder met een mes en achtervolgde haar door het huis, angstaanjagend voor alle betrokkenen. De psychische problemen waren vermoedelijk aangeboren, de grote spanningen tijdens dat laatste oorlogsjaar deden de rest. Toen de situatie echt onhoudbaar werd, moest Jantje tijdelijk opgenomen worden in de instelling Licht en Kracht te Assen.

Weg uit Groningen

De arrestatie van Reint betekende voor de broers Dijkema het begin van een opgejaagd bestaan. Albartus reisde met zijn vriendin Plonie Wigboldus naar Nuis, waar Hanny en Piet hem opwachtten. Plonie reed met onder andere Klaas Wigboldus terug naar Groningen. Zij kende de chauffeur niet, die zich onder zijn schuilnaam voorstelde en alleen opmerkte dat zij een bekende naam had. Albartus reed met zijn broer en schoonzus naar Steenwijk in een auto vol met wapens; het verzetswerk ging gewoon door. Na een gedenkwaardige rit nam Albartus vanaf Steenwijk de trein naar Brabant. Daar vond hij in Fijnaart onderdak op de druivenkwekerij van een van de zonen van dominee Lanning, een vroegere kennis uit Siddeburen. Hij bleef voorlopig in Brabant. Het mondelinge gedeelte van zijn eindexamen HBS schoot er bij in; hij zou er later een vrijstelling voor krijgen en alsnog het diploma ontvangen.[7]

Harry Niemeijer zocht Piet in Velp op om te waarschuwen dat hij niet naar Groningen kon komen. Piet droeg het leiderschap van de KP aan Harry over, die daartoe zijn werk voor *Trouw* op een lager pitje moest zetten. Piet probeerde trouwens nog wel mensen bijeen te krijgen om het Scholtenhuis te overvallen. De portier wilde meewerken, maar trok zich bij nader inzien terug. De situatie in Groningen was zeer hachelijk nu een groot deel van het illegale netwerk opgerold was. Terugtrekking uit verzetsactiviteiten was voor Piet echter geen optie. Hij zocht Johannes Post op en informeerde of er klussen te doen waren.[8]

Post vroeg Piet en Klaas Simon om deel te nemen aan een grote overval op het Huis van Bewaring, de Weteringschans, in Amsterdam. Omdat een SS-bewaker als infiltrant deelnam, bedankten de broers. Zij vertrouwden het niet. In de *Levensroman van Johannes Post* door Anne de Vries kwam het later als volgt terecht: “Twee KP-ers uit Groningen, die Johannes toevallig juist vandaag komen opzoeken, dappere kerels, die Johannes er graag bij zou hebben gehad, schrikken terug, als ze van de SS-man horen. Wel nemen ze graag de lege plaatsen in de ploeg van Marinus in.” Zo geschiedde inderdaad. Piet en Klaas Simon sloten zich bij de KP-ploeg van Marinus Post aan: KP Evert. Zo waren ze uit Groningen weg en kon het werk toch doorgaan.[9]

Voor KP Evert stond een overval gepland op de Veluwe, dus de broers vertrokken naar die regio. Hanny ging mee. Haar naam was nog niet bekend, maar als verloofde van Piet werd ze vermoedelijk ook gezocht. Ze had al de nodige ervaring in de illegaliteit, voornamelijk als koerierster in Velp. Vanaf nu leidde zij een volledig zwervend bestaan en was zij ook zelf bewapend met een kleine revolver in haar handtasje. Haar kleine en tengere verschijning was voor dit werk een pre. Ze zag er ongevaarlijk uit, of ze nu een wapenvest of een pak illegale papieren bij zich droeg. Omdat haar naam niet bekend was bij de bezetter, kon zij – wel zo praktisch – nog haar eigen persoonsbewijs gebruiken.[10]

Overvallen op de Veluwe

Het vervoer vond nu meestal per fiets plaats, auto's waren steeds lastiger te regelen. De fietsen waren er nog dankzij een verklaring van de Duitse *Feldgendarmerie*. Deze was door een PTT-medewerker geregeld en zorgde ervoor dat de fietsen niet gevorderd mochten worden wegens "belangrijk werk" voor de PTT. Over de fietstocht naar de Veluwe schreef Hanny later een verslag. Zij fietste meestal voorop met een vest waarin de wapens van de jongens verborgen waren. Bij controles kon zij vaak doorfietsen, zij had minder kans om gefouilleerd te worden. Samen met Piet en Klaas Simon fietste zij nu richting Nunspeet om via struiken en kreupelhout in een onderaardse hut bij boerderij De Middelhoeve nabij het Pas Op Kamp in de Soerelse Bossen terecht te komen.[11]

De hut was op dat moment het domein van de groep Evert, met daarbij ook koerierster Atie Visser (Karin). Terwijl het in de Groningse KP-groep gebruikelijk was dat jongens de acties voorbereidden en meisjes het koerierswerk deden, bleek Atie Visser wel aan de besprekingen deel te nemen. Hanny voelde zich hierdoor wat geïntimideerd en buitengesloten. Uit latere memoires van Atie Visser bleek overigens dat zij zich minstens zo onzeker voelde omdat het voor het eerst was dat zij aan een gewapende overval meedeed. Over de nieuwkomers meldde zij dat het "twee Groningse broertjes" waren, volgens haar nog erg jong voor het verzetswerk. 's Avonds vertrok de groep en bleef Hanny alleen achter, wetend dat er nog een onderduiker zou komen die het wachtwoord "Wim" moest zeggen voor ze hem binnen liet. Er kwam inderdaad iemand bij de ondergrondse hut, maar in politie-uniform. Hanny was bewapend met een miniatuur pistooltje, "heel deftig ingelegd met parelmoer en gevuld met glimmend koperen kogeltjes" en vreesde dat zij het nu echt moest gebruiken. Ze richtte op de jongen die er niet van onder de indruk bleek: "Hé kleintje, wou je op me schieten? Ik ben maar een gewone onderduiker, Wim is de naam."[12]

De eerste overval met KP Evert vond op 13 juli plaats in Elburg, overigens zonder Marinus Post en Atie Visser. Midden op de dag fietsten Piet, Klaas Simon en drie leden van de knokploeg naar het distributiekantoor. De overval bleek geen probleem. De mannen gingen het distributiekantoor binnen, hielden de ambtenaren onder schot en lieten hen de kluis open maken. Een ambtenaar die van de overval op de hoogte was, had verzocht om een harde aanpak opdat men geen verdenking tegen hem zou koesteren. Een van de leden van KP Evert slingerde hem desgevraagd tegen de grond. Tegelijkertijd gingen de werkzaamheden op de andere verdiepingen van het kantoor door. Ambtenaren kwamen verbaasd informeren wat er gebeurde, waarop Piet hen antwoordde: "De kluis wordt leeggehaald." Verbouwereerd voegden zij zich bij de andere ambtenaren en de aanwezige bezoekers op de begane grond. Deze hadden niet allemaal direct door wat er gebeurde. Een oudere dame stak een heel relaas af omdat ze haast had en geholpen wilde worden. Pas toen ze een pistool zag, hield ze op en viel in zwijm. Eer zij bijkwam, reden de mannen met de koffers achterop de fiets alweer terug naar het bos, na een overval die nog geen kwartier geduurd had.[13]

Terug in de onderduikershut vernamen de KP-ers dat de overval op de Weteringschans mislukt was. Onder andere Johannes Post was gearresteerd. De SS-er had van begin af aan alles doorgespeeld. Het wantrouwen van Piet en Klaas Simon bleek terecht te zijn geweest.[14]

Vanuit het onderduikershol in Nunspeet pleegden Piet en Klaas Simon meer overvallen samen met de groep Evert. Enkele dagen later overvielen ze het distributiekantoor in Wezep. Met zeven man en één

Ina vertrok na de arrestatie naar haar zus Wil in Haarlem vanwege geruchten dat Reint daar naartoe zou zijn overgebracht.

vrouw (Atie Visser) overbluften ze snel het voltallige personeel. De kraak had veel weg van een graaipartij. “Allen grabbelden om het hardst en er was van organisatie geen sprake meer”, volgens Piet. Het was het resultaat dat telde. Marinus Post riep de leider van het distributiekantoor nog na: “Wel bedankt voor de medewerking.” Hij hoopte deze NSB-er hiermee een hak te zetten. Dat lukte, aangezien de man enige tijd vast kwam te zitten vanwege vermeende medewerking aan de overval.[15]

Zonder resultaat was de jacht op hoofdwachtmeester Karst Doeven, een Duitsgezinde marechaussee die de overvallers op de hielen zat. Het gezelschap verspreidde zich over de drie uitvalswegen van Nunspeet. Atie Visser schreef later in haar memoires dat zij met Piet en Klaas Simon een van die wegen voor haar rekening nam. Toen ze na een tijdje onverrichterzake vertrokken, riep zij uit: “O, het is zalig om te knokken!” De broers hadden haar somber aangekeken, waarop Piet zei: “Wij vinden het verschrikkelijk.” Op haar vraag waarom ze het dan deden, legden ze uit dat hun oudste broer opgepakt was en waarschijnlijk gefusilleerd zou worden. Ze achtten het hun plicht om zijn werk voort te zetten, hoewel ze erg naar huis verlangden. Volgens Visser waren ze eigenlijk te jong voor dit werk, “Evert heeft ze niet meer ingezet”.[16]

Doeven kregen ze die dag niet te pakken, maar de grond werd iets te heet onder de voeten. De knokploeg vertrok naar Amsterdam. Enkele weken later vonden de Duitsers inderdaad dit onderduikershol bij De Middenhoeve. Ze braken het af en staken het in brand. Nog enige tijd later vonden ze ook het grotere Pas Op Kamp verderop in het bos. De meeste onderduikers vluchtten op tijd en konden nog een veilig heenkomen vinden.[17]

Zwerftocht

De Dijkema’s gingen inderdaad niet verder mee met de knokploeg, ze hadden andere prioriteiten. Eind juli vertrokken Piet en Hanny naar het westen van het land vanwege geruchten dat Reint in de Haarlemse gevangenis verbleef. Ze logeerden op verschillende onderduikadressen. In Rotterdam kwamen ze zo bij Ies Leyten die daar een koffiebranderij had, en bij Leonie en Joop Jansen, de oudste broer van Hanny. Via hun verzetscontacten konden ze vaak weer een nieuwe onderduikplek vinden en bleven ze op de hoogte van het illegale werk.[18] In Haarlem woonde Wil Knottnerus, de zus van Ina die daar tot hun verrassing ook logeerde. Zij had eveneens het gerucht opgevangen dat Reint in Haarlem zou zijn. Veel meer kwamen ze echter niet te weten.

Hanny en Ina togen op een dag nog met z'n tweeën met de trein naar Groningen. Er was een man gearresteerd en in zijn huis hadden Reint en Piet ook weleens geslapen. Zijn echtgenote maakte zich grote zorgen over een pakket dat daar nog lag. Zij wilde dat iemand het ophaalde, maar ze kon niet vertellen wat de inhoud was. Hanny trok haar wapenvest aan en Ina nam een grote boodschappentas mee om het mogelijk gevaarlijke wapentuig of het pakket illegale papieren op te halen. Eenmaal in Groningen duwde de mevrouw hen met pakje en al snel weer naar buiten. Zenuwachtig besloten Hanny en Ina toch maar te kijken wat er in zat: twee gestreepte pyjama's, twee scheerkwasten, twee scheerapparaatjes en een aantal half versleten herensokken... De terugreis was beduidend minder zenuwslopend.[19]

Na een paar weken gingen Hanny en Piet naar neef Alje Dijkema in Hoofddorp. Hier waren ze dichter in de buurt van Amsterdam en kon Piet eenvoudiger contact met het verzet onderhouden. De sfeer was grimmiger dan voorheen. Alje Dijkema herinnerde zich de omslag. Terwijl Piet altijd de "goedaardige welwillende" jongen was, kon hij nu driftig reageren – net als zijn broer. Alje verhaalde van een NSB-politieman die hen beiden beval de handen uit de zakken te halen. "Achteraf, toen we thuis waren, zei Piet: 'Als jij er niet bij was geweest had ik hem neergeschoten.'"[20]

Ondanks de opgekropte woede lukte het niet om hier veel uit te richten, waardoor er tijd overbleef voor andere activiteiten. In september 1944 zouden ze bij familie Smeenk op bezoek gaan. Dit was vooral voor Piet nuttig die nu volgens zijn vervalste persoonsbewijs theologisch kandidaat was. In Heemstede konden ze dan mooi over theologische zaken converseren. Dat was niet helemaal overbodig, want het toevallige bezoek van een ouderling uit Hoofddorp had het hem een week eerder nog knap lastig gemaakt. Hoe dacht hij immers over de vrijmaking van professor Schilder in Kampen? Hanny redde Piet met haar toneelspel, maar hij besefte wel dat zijn persoonsbewijs hem ook op deze manier kon verraden. Het bezoek aan Heemstede ging overigens niet door, omdat juist die dag de luchtlandingen in Arnhem begonnen. Het einde van de bezetting leek nabij. Toen de euforie van Dolle Dinsdag was bekoeld, wilden Piet en Hanny weer naar Groningen. Ze wisten nu bijna zeker dat Reint in Vught zat en hoopten maar dat hij inmiddels bevrijd was. Zelf waren ze in Groningen nodig. Er kwamen berichten dat het binnen het verzet aan sturing ontbrak, met het verzoek aan Piet om daar verandering in te brengen.[21]

Dorkwerd

Op de fiets reden Hanny en Piet naar het station en namen de trein naar Amsterdam voor de avondboot naar Lemmer. Deze voer echter niet. Het was nu zaak voor het donker onderdak te vinden. Op straat liepen

De jonge Simon Albert stond bij collega-verzetslieden bekend onder de koosnaam 'Sampie'.

ze met hun wapens en illegale papieren te veel gevaar. Toen zelfs het Leger des Heils geen plek meer bood, week het stel uit naar het enige adres dat nog open was: een "rasechte hoerenkast". Met de wapens onder het smerige matras, te midden van zich uitlevende Duitse militairen en gillende hoertjes beleefden zij hier een rumoerige nacht. Het leek er zelfs op dat er nog controle kwam. Vals alarm, tot grote opluchting volgens het latere verslag van Hanny: "Het kan de zedenpolitie wel zijn", fluisterde Piet, "en ik ben nog wel theoloog, wat een afgang." Vroeg in de ochtend verlieten ze het pand om al slenterend in de stad te wachten tot de boot naar Lemmer vertrok. De schipper mocht eigenlijk niemand meenemen, maar liet hen toe in het vooronder. Het werd weer een slapeloze nacht, nu met veel zeezieke mensen in een te kleine ruimte. De volgende ochtend waren ze echter wel in Friesland. Bij Alje Kimm, familie in Nuis, konden ze een tijdje bijkomen voordat Hanny naar Groningen fietste om Harry Niemeijer te melden dat ze weer in de buurt waren.[22]

In oktober 1944 vertrokken Hanny en Piet uit Nuis naar twee verschillende onderduikadressen. Piet naar boerderij De Vennen van de broers Evert Harm en Ekke Wolters in Dorkwerd, Hanny naar De Burcht van Jan Wierenga in Den Ham. Dit was de zogenaamde Hamsterborg, Borg Piloersema met een echte slotgracht en een zeer luxe voorkomen. Al vrij snel kon Hanny ook in Dorkwerd terecht, waar ze meer koerierswerk kon doen en zich beduidend beter thuis voelde.[23] De boerderij lag strategisch gunstig, net ten noorden van de stad Groningen, en telde dan ook veel onderduikers. De bewoners leidden er gedurende de oorlogsjaren eigenlijk nooit een normaal gezinsleven. Het in de oorlog geboren zoontje Jan Ekke wist zelfs niet beter dan dat er altijd diverse mensen extra in huis woonden.

Na verloop van tijd kwam ook Klaas Simon in Dorkwerd terecht. Zijn zwerftocht vanuit Nunspeet bleek lastiger te achterhalen. Hij vertrok aanvankelijk naar het oosten van het land om naar zijn onderduikadres in Steenwijk terug te keren. Daarna maakte hij omzwervingen via onder andere Ommen, Meppel en Staphorst. Contact onderhield hij met KP Steenwijk; vermoedelijk kwamen daaruit geen echte verzetsacties meer voort. In Staphorst was enige tijd ook Piet aanwezig, om samen in een werkkamp in opdracht van KP-commandant Egbert Gernaat hulp te kunnen verlenen bij het veroveren van de brug bij Zwolle.

De stad Groningen bleef verboden terrein, omdat de patrouilles bij het station en de uitvalswegen nog steeds foto's van Piet en Klaas Simon bij zich droegen.[24]

Simon Albert verbleef eveneens regelmatig in Dorkwerd en vond het – ondanks de reële gevaren – zeer avontuurlijk en spannend. Als een van de jongere bewoners stond hij er onder zijn koosnaam Sampie bekend. Omdat diezelfde jonge leeftijd hem minder verdacht maakte, bleef hij hand- en spandiensten verrichten. Dat varieerde van het ophalen van een partij wapens uit de steenfabriek van de firma Wigboldus tot het overbrengen van geheime boodschappen aan onder andere Pieter Gerk Oberman (Pieter Kramer), de provinciaal commandant van de Friese KP. Zo moest hij ook naar regionaal KP-leider Egbert Gernaat in Zwolle om hem te vertellen dat hij eigenlijk niet als commandant in Groningen gewenst was. De boodschap kwam niet over, omdat Simon Albert bij het naderen van het huis een schim van een Duitse soldaat door het raam zag. Het kostte hem de nodige moeite om zo onopvallend mogelijk weer te vertrekken, alsof hij niet net heel doelbewust zijn fiets voor het huis had neergezet. Ook bracht hij eens op de fiets een gegijzelde man weg naar Losdorp. Piet en Klaas Simon hadden de man een paar dagen gevangen gehouden omdat ze hem van verraad verdachten. Toen ze dat na verhoor niet konden vaststellen, lieten ze hem weer gaan. Simon Albert kreeg de schone taak hem weg te brengen, als zestienjarige met een revolver op zak voor noodgevallen. Hij hoefde de revolver niet te gebruiken.[25]

Ondanks de strategische ligging bleek het toch moeilijk om vanuit de boerderij verzet te plegen. Hanny fietste de hele provincie door, vaak ook naar Assen of Leeuwarden, om afspraken te maken voor Piet, Klaas Wigboldus en Jan van der Wal. Piet had nu iets meer bewegingsvrijheid omdat hij volgens zijn nieuwste persoonsbewijs dierenarts was en daardoor toestemming had om 's avonds over straat te gaan. De overleggen hadden echter teleurstellend weinig effect omdat de verzetsbeweging in Groningen grotendeels opgerold en gearresteerd was. De overgebleven kernen zaten ondergedoken of waren hopeloos verdeeld geraakt.[26] Het lukte niet om er lijn in te krijgen. Men smeedde nog wel plannen om met de nieuwe Stoottroepen – zoals de KP's nu genoemd werden – de wapens zodanig te verdelen dat ze bij de komst van geallieerde troepen direct konden meevechten. Piet reisde er als afgevaardigde voor naar Leeuwarden. Voordat de plannen realiteit werden, was de bevrijding echter al een feit.[27]

Bevrijd

De bevrijding bracht in Dorkwerd niet alleen vreugde. Er vonden in april 1945 in Groningen nog enkele hevige gevechten plaats. In boerderij De Vennen waren onder andere nog Simon Albert, Klaas Simon, Piet en Hanny als onderduikers aanwezig. Piet lag ziek op bed met geelzucht, de anderen volgden de ontwikkelingen buiten. Met vier andere KP-ers nam Klaas Simon op de weg naar Slaperstil een aantal NSB-landwachters gevangen die paarden aan het vorderen waren. De mannen hadden echter niet gerekend op zwaar bewapende Duitse militairen in een nabijgelegen boerderij. Opeens ontstond een fel vuurgevecht. Al snel sneuvelden Klaas Wigboldus, Evert Wolters en Hilko Berrelkamp. Klaas Simon en Ekke Wolters vluchtten de weilanden in en stonden daar urenlang in een sloot. De Duitsers ver-

Monument op de begraafplaats bij de kerk van Dorkwerd voor de drie mannen die in het zicht van de bevrijding vielen (foto Bert Deelman).

trouwden de omgeving niet en durfden hen niet achterna te komen. Ze smeten granaten in de sloot waar de gesneuvelde mannen lagen en vertrokken.

Terug op de boerderij werd het verlies voor iedereen duidelijk. Het was een wrang bevrijdingsfeest direct daarna, aldus Hanny in haar herinneringen: "Overal de vlaggen uit en hossende mensen op straat, en wij zaten daar op die boerderij met drie kapotgeschoten jongens."[28]

Het was een spagaat waarin alle betrokkenen vroeg of laat terechtkwamen: blij om wat bereikt was met het verzet en verdriet of zelfs schuldgevoel om wat er verloren was gegaan in de oorlogsjaren. De oorlog was voorbij, maar zou nog decennialang doorklinken.

Na de oorlog

Na de laatste hevige gevechten in april 1945 was de stad Groningen bevrijd. Enkele weken later gold dit voor heel Nederland. Daarmee was de situatie niet opeens weer genormaliseerd. Er was een groot tekort aan allerhande goederen en er heerste nog grote onzekerheid bij veel mensen. De overheid probeerde zo snel mogelijk orde op zaken te stellen: de regering keerde terug uit ballingschap en het Nederlandse leger kwam deels via het verzet weer bovengronds. Klaas Simon (nu 20 jaar) meldde zich direct na de bevrijding aan bij de Stoottroepen, in navolging van Albartus (22 jaar) die vanuit Brabant al bij de Binnenlandse Strijdkrachten diende.

Moeder Dijkema en Jantje (19 jaar), Simon Albert (17 jaar) en Martje (15 jaar) kwamen uit Loppersum naar de stad terug. Het gezin kreeg de woning Van Hamelstraat 15 toegewezen, maar moest na enige tijd weer verhuizen naar Oppenheimstraat 68a, beide NSB-woningen. Naar verluidt was het tweede huis zelfs in Duitse kleuren geschilderd. Van de Raad voor het Rechtsherstel kreeg het gezin adressen voor meubels van NSB-ers. Ondanks de oog om oog, tand om tand ruil van woningen en huisraad heerste er over het algemeen ontevredenheid over het beleid van de overheid. Onder andere uit Groningen kwamen klachten van het Militair Gezag over ogenschijnlijke bevoordeling van NSB-ers. Voorheen illegale werkers zouden zelfs bij hen achtergesteld zijn.[1]

Het gezin Dijkema maakte zich er niet al te druk om. De grootste zorg in de eerste naoorlogse maanden was het zoeken naar informatie over Reint. Was hij op een of andere manier ontkomen? Helemaal onwetend waren zij niet. Eind juli 1944 immers, heel vroeg in de morgen, was er een envelop bij de familie Molenhuis in Siddeburen bezorgd. De envelop bevatte een korte notitie in een onbekend handschrift, gedateerd op vrijdag 21 juli 1944. Deze luidde aldus:

> Hierbij het laatste bericht van hem. Hij heeft zijn leven gegeven door anderen te helpen, het was een jongen met een Hart van Goud, hij is zoo gefolterd en gepijnigd en gestorven als een Martelaar. Bewaar dit bericht tot later, tot de oorlog is afgelopen, dan kan U persoonlijk met mij in contact komen. Maar nu kan ik mij niet bekend maken.
> Een Nederlander.

De briefschrijver vermeldde dat Reint al overleden was. Feitelijk was hij dat op 21 juli nog niet, hoewel het niet lang meer zou duren. In de envelop zat verder een groot vel papier, aan beide zijden met potlood dichtbeschre-

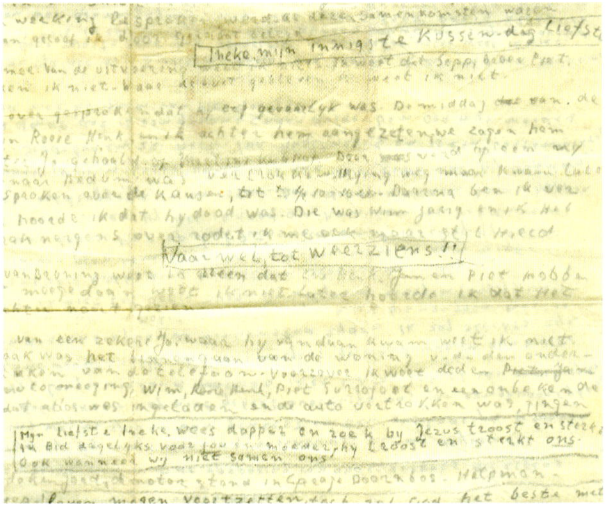
Ineke, mijn innigste kussen-dag liefste
[illegible] dat hy erg gevaarlyk was. [illegible]
[illegible] achter hem aangezeten we zagen hem
hoorde ik dat hy dood was. Die was [illegible]
Naar wel, tot weerziens!!
van een zekere [illegible] kwam weet ik niet.
Myn liefste Ineke, wees dapper en zoek by Jezus troost en sterkte
ik Bid dagelyks voor jou en moeder, hy troost en sterkt ons.
Ook wanneer wy niet samen [illegible]

Fragment van de uit Vught gesmokkelde brief van Reint.

ven: een brief van Reint. Zodra Henk Molenhuis in de gaten kreeg voor wie de brief was bestemd, sloot hij de envelop en bracht hem naar zijn overbuurmeisje Ina. Zij zou de brief haar verdere leven bij zich dragen.

De brief bevatte een opsomming van verzetsacties met plaatsen, data en namen van mede verzetsstrijders. Zie voor de complete brief bijlage 2. Het valt op dat Reint aangaf meer prijs te hebben gegeven dan hij wilde: "Vergeef me, dat ik alles heb verteld. Ik wilde wel anders, maar ik heb het niet gekund." Het lijkt haaks te staan op de loftuitingen die hem na de oorlog ten deel vielen, omdat hij zelfs onder de martelingen in het Scholtenhuis niet zou zijn doorgeslagen. De afsluitende zinsnede verklaart een en ander: "Alle namen die ik gezegd heb, waren al bekend." Het lijkt er inderdaad op dat Reint niet zomaar alles heeft prijsgegeven. Afwijkend is bijvoorbeeld zijn relaas over de bonnenkraak in Zuidbroek. Reint noemde Hielke Antonides niet, evenmin als de behulpzame kluizenexpert. Hij zou op eigen houtje de kluis geopend hebben. Wel was er sprake van een Zwarte Henk, waarvan de SD hem vertelde dat hij Henk Haan heette en van wie hij een foto te zien kreeg. Wellicht was dit voor Reint een aanwijzing dat de ondervragers nog niet alles wisten. Henk Haan (Lange Henk) was een Groningse KP-er waar de Dijkema's wel eens mee samenwerkten, maar de bijnaam Zwarte Henk hoorde bij Kim van Veldhuizen van KP Slochteren.[2] De Zwarte Henk die Reint nu noemde, was volgens zijn bekentenis verantwoordelijk voor daden die in werkelijkheid door Hielke Antonides, Klaas Simon en andere KP-ers waren gepleegd. Of Reint bewust een rookgordijn opwierp en werkelijk geen nieuwe namen

Op de executieplaats van Kamp Vught plaatsten omwonenden begin 1945 een groot kruis van houten boomstammen.

noemde, is niet te achterhalen. Het was zeker wel zo voor zijn broer Klaas Simon. Piet kwam regelmatig als medeplichtige voor, over Klaas Simon meldde hij: "verrichtte hand- en spandiensten, is echter nooit daadwerkelijk opgetreden". Bij de overval waar Klaas Simon een bewaker had gedood, vermeldde hij als schutters alleen zijn eigen naam en "1 der Henken". Klaas Simon liet hij weg. Vermoedelijk was alleen de naam van Piet bekend. Ook zijn verloofde Ina liet hij expliciet buiten schot. "Zij weet van al deze dingen niets af, ze denkt dat ik een gewone onderduiker ben. Ook mijn moeder weet nergens van."

Naast deze opsomming stonden in de kantlijn persoonlijke berichten voor Ina, zijn moeder, broers en zussen. Reint probeerde hen enigszins gerust te stellen: "Van mishandeling is geen sprake meer. Het eten is goed en genoeg, ik val niet af, verveel me niet. (..) Ik ben geestelijk en lichamelijk goed. Mijn wonden zijn genezen en ik doe veel gijmnastiek." De brief eindigde wel in mineur:

> Ik ben bereid! Tot weerziens! Moeder, Ina, Piet, Klaas, Albartus, Simon Albert, Jantje en Martje.
>
> Breng of stuur dit naar Ina Knottnerus, Siddeburen (Gr.). Het is het laatste bericht van een ter dood veroordeelde.
>
> Reint.

De toon was duidelijk: Reint wist dat hij binnen korte tijd geëxecuteerd zou worden.

Rouwdienst

Het duurde nog tot 18 november 1945 voordat moeder Dijkema het officiële overlijdensbericht van haar zoon ontving. Het bevestigde alle bange vermoedens en kwam voor niemand meer als een verrassing. Moeder Dijkema ging samen met Ina aan de slag om een uitvaartdienst te regelen.[3] Een begrafenis was niet mogelijk. Het lichaam van Reint was waarschijnlijk al direct in de nacht na zijn executie verbrand. Zijn as was gedeponeerd in één van de twee asputten achter het crematorium. De familie hield thuis aan de Oppenheimstraat in besloten kring een rouwdienst. De leiding was in handen van dominee Van Strien, gereformeerd predikant te Groningen. Na hem sprak dominee Schuurmans, tien dagen de medegevangene van Reint in het Scholtenhuis. Ook de predikanten Popma en Toornvliet voerden het woord. Ten slotte sprak de heer G.B. Wierda, *praeses* van studentenvereniging VERA.[4]

Dominee Schuurmans sprak over de tijd die hij in het Scholtenhuis doorbracht. Hij haalde herinneringen op aan Reint die zelfs in "dat stikdonkere dal" zijn geloof niet verloor, maar daaruit juist kracht putte. En uiteraard noemde hij de door Reint gesproken afscheidswoorden: "Mocht u vrij komen, zeg dan aan mijn moeder en Ina dat ik mij nooit een ogenblik verlaten heb gevoeld."

Dominee S.J. Popma memoreerde de wijze waarop Reint aan het verzet deelnam: "Hij was niet gecompli-

De laatste rustplaats van Reint Dijkema: een asput achter het vroegere crematorium van Kamp Vught.

Een van de twee gedenkstenen in het trappenhuis van het Academiegebouw van Rijksuniversiteit Groningen met naast Reint onder andere de vrienden Roelof van den Bergh en Piet Gootjes (foto Oorlogs- en Verzetscentrum Groningen).

ceerd. Voor hem was 't eenvoudig en vanzelfsprekend dat hij zijn illegaal werk doen moest." Dat nam niet weg dat hij als uiterst voorzichtig bekend stond. Reint kende de risico's en handelde daar naar: "Niet praten, niet aarzelen. Zo goed mogelijk moest 't werk gedaan worden. Zo effectief mogelijk. Zonder zwakheid. Zonder angst." Los van de bespiegelingen over Reint sprak dominee Popma over het lot van Ina. Hij wees op het laatste jaar, toen iedereen in onzekerheid leefde. "Toen waren je dagen vol van nasporing naar Reint en zoeken, waar hij gebleven was en 't proberen contact te krijgen en iets voor hem te doen. 't Ging telkens mis, maar 't vulde je leven."[5] Zij moest nu verder zonder haar grote liefde. Het was een boodschap aan alle leden van het gezin. Op de een of andere manier moesten zij de draad oppikken en weer verder met hun leven.

Diverse kranten en tijdschriften wijdden een *In memoriam* aan Reint: *Trouw*, de *Nieuwe Provinciale Groninger Courant*, het blad van het verzet *De Zwerver*, *De Vrije Woldstreek*, *De Vrije Nederlander*, *Kroniek van de Week* en *Algemeen Groninger Studentenweekblad "Der Clercke Cronike"*. Het waren stuk voor stuk loftuitingen die echter ook altijd enige bescheidenheid betrachtten. Naast "onbuigzaam, hard, sterk en stoer" ook "rustig en kalm", een "echte Noordeling: de Groninger waarover men in de boeken leest". Harry Niemeijer schreef in het studentenblad een geëmotioneerd stuk, hoewel hij weinig over Reint wilde zeggen, "want dat zou hij me kwalijk genomen hebben". Hij vond dat hij toch iets aan het papier moest toevertrouwen, "opdat vele illegalen mogen weten, dat ze niets hebben gedaan in vergelijking met wat jij deed en opdat vele professoren en studenten zich mogen generen, als ze jouw overlijdensbericht lezen".[6] In meer gedenkwoorden klonk frustratie door. *De Vrije Nederlander* eindigde het verhaal over Reint met de zinsnede dat het goed was om te herdenken wat de gevallenen bezielde in de strijd tegen de bezetting: de hoop op een vrij en beter

Nederland. "Wij vrezen, dat als zij de gang van zaken op het ogenblik konden aanzien, zij heel erg teleurgesteld zouden zijn."[7]

Afwikkeling verzetswerk

Hoewel iedereen de oorlog het liefst zo snel mogelijk achter zich liet en verder ging, zat Piet er nog enige tijd middenin. De Landelijke Organisatie voor hulp aan Onderduikers-Landelijke Knokploegen (LO-LKP) schakelde hem in als KP-vertegenwoordiger van Groningen voor het zogenaamde afwikkelingswerk. Alle verzetslieden vulden een formulier in, waarna de aanvrager al dan niet een LKP-legitimatiebewijs ontving. Het vastleggen van de nu voorbije illegale acties was van belang opdat 'foute' Nederlanders eventueel hun straf konden krijgen en Stichting 1940-1945 te zijner tijd goede afwegingen kon maken over uitkeringen aan verzetsweduwen of andere nabestaanden. Piet was degene die alle formulieren doornam en ondertekende, soms na overleg met andere KP-ers. Dat leek een zinvolle en eervolle taak, maar was aan hem eigenlijk niet besteed. Hij moest nu immers aangeven of iemand een KP I, II of III was geweest. De nummers I waren het eerst actief geweest, de nummers II na D-Day (juni 1944) en de nummers III pas aan het einde van de oorlog. Piet vond het te veel bureaucratie en hij wilde niet aan bevoordeling doen. Het bijbehorende werk voor de Politieke Opsporingsdienst was hem nog minder lief. Het bracht hem in gewetensnood als mensen die soms slechts onbeduidend verraad hadden gepleegd nu wraakzuchtig aangepakt werden. Als het even kon, lichtte hij de betrokkenen in zodat ze hun voorbereidingen konden treffen.[8]

Ook de werkzaamheden van Piet werden onder de loep genomen. Daartoe dicteerde hij een verslag over de wederwaardigheden van het verzetswerk door de broers Dijkema. Zestien pagina's lang. Naast Piet legde ook Klaas Simon een aantal verklaringen af.

Wensen t.a.v. toekomstige werkkring. Hierbij ver
legenheid kan worden bereikt: ....Spoorweg
eigen gelegenheid worden bereikt)

Vertegenwoo... ger
K.P.
Groningen

K 2156

Voor zijn werk bij de Politieke Opsporingsdienst moest Piet vele formulieren doorlezen, beoordelen en ondertekenen.

Klaas Simon was net als Piet enige tijd ingeschakeld bij de Politieke Opsporingsdienst, als hulp-rechercheur in rayon Steenwijk. De verklaringen moesten meer zicht geven op wat er nu werkelijk had plaatsgevonden en waren niet bedoeld om complimenten te ontvangen. Daarvoor waren te veel slachtoffers gevallen. Niet alleen hun broer Reint, ook verschillende nabije vrienden uit het verzetswerk waren – soms voor hun ogen – gesneuveld. De verslaglegging diende vooral de administratie van verzetsactiviteiten. Diverse instellingen op landelijk en provinciaal niveau waren daarmee bezig. Dat neemt niet weg dat de verslagen soms als spannende avonturenboeken lazen. Het waren bijna allemaal jonge jongens geweest die nu eindelijk vrijuit konden praten. Piet trapte nog weleens op de rem. Bij een verhaal over de autovordering bij Melkbussenfabriek Van Wijk en Boerma stuurde hij de schrijver ervan een briefje terug: "Ik vind het hier en daar iets te overdreven."[9] Het mocht verteld worden, maar je mocht er niet mee koketteren.

Journalisten en schrijvers maakten desalniettemin dankbaar gebruik van de verzamelde informatie. Zo kwamen ook de verhalen van de broers Dijkema in diverse publicaties terecht. *Het Grote Gebod* gold als officieel gedenkboek en bevatte vanzelfsprekend een deel van deze informatie. Minder rechtstreeks maar minstens zo herkenbaar waren de deels geromantiseerde verhalen in *Reis door de nacht* van Anne de Vries. Hanny schreef zelf een verhaal voor het blad *De Zwerver* van de LO-LKP op basis van wederwaardigheden van Klaas Simon, zie bijlage 3. Journalist Ad Goede tot slot schreef een negendelig feuilleton over de bonnenkraak bij Hoitsema. Volgens stilzwijgende afspraak werden hierin alleen de namen van overleden verzetslieden voluit genoemd. De trieste balans: Reint Dijkema, Sep Hahn, Johannes Post en Klaas Wigboldus waren alle vier herkenbaar. Dat Klaas Simon alleen met zijn voornaam vermeld stond en dat Piet er als Piet Weideveld in figureerde, was voor hen een uitgemaakte zaak. Ingewijden wisten toch wel wie het betrof. Niet ingewijden kwamen er ook steeds vaker achter, niet altijd tot ieders genoegen. Naar verluidt was Piet het in latere jaren ook weleens zat als het *Nieuwsblad van het Noorden* rond oudjaar weer belde om te informeren naar de liquidatie van Elsinga en de daaropvolgende dramatische represailles.[10]

Financiële hulp

Moeder Dijkema kreeg het bij terugkeer in Groningen zwaar te verduren. Naast het verlies van haar zoon en het kwijtraken van woning en huisraad, moest zij het hoofd bieden aan de verslechterende gezondheid van haar dochter. Na een eerdere opname in Licht en Kracht te Assen kreeg Jantje kort na de bevrijding een

Ina bleef vanzelfsprekend onderdeel uitmaken van de familie Dijkema, hier samen met Martje in Siddeburen, 1946.

psychose. Dit had ook te maken met een tweede verhuizing na terugkeer in de stad. Een opname was weer noodzakelijk, nu voor langere tijd. Om wat verlichting te brengen, deed Jan van der Wal een aanvraag voor een buitengewoon pensioen bij Stichting 1940-1945. Hij benadrukte dat iedereen in het gezin zijn of haar steentje had bijgedragen: "Als er ooit sprake kan zijn van verzet in gezinsverband, dan is het wel door dit gezin." Niet alleen Reint, Piet en Klaas Simon hadden tot over hun oren in het verzetswerk gezeten, de morele steun van hun moeder mocht niet worden onderschat: "Bewonderenswaardig is de fiere houding van deze kordate vrouw." Zij verloor niet alleen een zoon, maar raakte ook haar woning kwijt en dreigde nu voor de tweede maal een haar toegewezen NSB-woning te moeten ontruimen. Dochter Jantje leed emotioneel zwaar onder deze perikelen. Een financiële bijdrage zou in ieder geval op materieel vlak ondersteuning bieden.[11]

Het verzoekschrift bracht een stroom brieven op gang. Terwijl het hoofdbestuur de aanvraag om een buitengewoon pensioen afwees omdat Reint geen

Na de oorlog konden uitgestelde trouwplannen ingehaald worden. Piet en Hanny, 1946.

kostwinner was geweest, ging het Provinciaal Bestuur – eigenwijs – door met de betaling. Nog in 1950 zond dit bestuur een brief aan het hoofdbestuur om het besluit kracht bij te zetten.[12] De Wet op Materiële Oorlogsschaden zorgde voor een gedeeltelijke vergoeding van de geleden schade aan het huis. Piet vulde de formulieren in voor zijn moeder, die daardoor eind 1951 een bedrag van 1517 gulden voor schade aan huisraad ontving. Drie jaar later volgde nog een postcheque van 250 gulden voor niet in goederen geleden schade. Het waren over het algemeen standaardbedragen, welkome aanvullingen op het gezinsinkomen.[13]

Bijzonder aan de aanvraag voor het buitengewoon pensioen waren de meegestuurde bijlagen met de financiële handel en wandel van de diverse leden van het gezin.[14] Deze geven een goed beeld van waar Reints broers en zussen vijf jaar na de oorlog stonden. Zij waren volwassen geworden in de jaren 1940-1945, maar hun gewone leven had toen stilgestaan. Zij moesten weer opnieuw beginnen. Dat ging niet van de ene op de andere dag. Eigenlijk allemaal vonden zij pas na enkele jaren hun draai, soms zelfs pas nadat zij het land verlaten hadden.

Nieuwe start

De nu oudste zoon Piet was getrouwd met Hanny Jansen, die zich nu meestal Han liet noemen. Hij kon zijn moeder financieel niet helpen, "daar hij nauwelijks voldoende kan verdienen om in het onderhoud van zijn eigen gezin te voorzien". In 1950 telde het gezin immers al drie dochters, de vierde was op komst. Direct na de oorlog had Piet hulp van een smid in Termunten gekregen, de vader van Harm Mulder die hij via zijn verzetswerk kende. Deze hielp hem aan een eigen garage. Het bleek geen succes. Het zich uitbreidende gezin woonde in bij twee ouderwetse ongehuwde dames, en de garage werd financieel een strop. Zo kort na de oorlog waren er vooral oude ka-

Renze Kuiken en Piet bij Firma Kuiken in Emmeloord, de plek waar het gezin na diverse omzwervingen zou blijven wonen en werken (Collectie Firma Kuiken).

Trouwfoto Albartus en Plonie, 1950.

potte fietsen in omloop, nauwelijks auto's. De auto die dienst moest doen als taxi gebruikte Piet ook nog eens voornamelijk voor het opsporen van mensen die door naoorlogse perikelen uit het oog geraakt waren. Hij stond altijd voor iedereen klaar en vergat nog weleens dat de taxi geld moest opleveren. Piet moest de garage sluiten. Via een baan bij Shell in Rijswijk streek hij met zijn gezin via Marknesse uiteindelijk in Emmeloord neer. Daar werkte Piet enige tijd bij een garage en vond hij bij Firma Kuiken zijn definitieve stek. In de Noordoostpolder breidde het gezin gestaag uit tot zes dochters en één zoon.[15]

Albartus had als militair nog niet veel kapitaal op kunnen bouwen. Omdat hij in Brabant bivakkeerde, was hij al sinds december 1944 bij de Binnenlandse Strijdkrachten aangesloten. Van daaruit was hij een half jaar lang naar Engeland uitgezonden. Via Den Haag en Groningen kwam hij twee jaar later in Assen terecht bij een bataljon dat op het punt stond naar Nederlands-Indië te vertrekken. Hij was nu al bijna drie jaar onder de wapenen en verzocht om vrijstelling.[16] Die werd hem niet verleend, met alle gevolgen van dien. In 1949

De gezinnen van Piet en Albartus bij moeder Dijkema voor de deur in de Oppenheimstraat te Groningen, 1965.

keerde Albartus met veel psychische klachten terug, waarna hij enige tijd opgenomen moest worden in De Lichtenberg te Amersfoort. Hij kwam de klachten echter te boven, kreeg werk als vertegenwoordiger en trouwde in 1950 met Plonie Wigboldus; samen kregen zij vier kinderen.

Klaas Simon was in 1948 naar Canada geëmigreerd. Direct na de oorlog meldde hij zich als militair en stond ook hij op het punt om naar Nederlands-Indië uitgezonden te worden. Omdat hij op het laatste moment afgekeurd werd, stopte zijn militaire carrière abrupt. Hij was wel klaar met dat "gedonder van het verzet" in Nederland en wilde graag iets nieuws beginnen. Klaas Simon bezocht vervolgens twee jaar lang de Christelijke Landbouwwinterschool in Hoofddorp waar neef Alje Dijkema nu directeur was. Voordat hij kon vertrekken, had zijn moeder veel kosten moeten maken. Van het geleende geld voor de overtocht stond in 1950 nog 500 gulden uit. Ook in Canada waren er geldzorgen op de in Addison, vlakbij Brockville (Ontario), gestichte boerderij. Klaas Simon had zware financiële problemen en kon de eerste twintig jaar maar nauwelijks rondkomen. Toch was het een goede beslissing geweest. Klaas Simon voelde zich snel thuis in Canada en trouwde er met Evelyn de Schiffart. Zij kregen vier zoons en adopteerden een dochter, waarna nog een dochtertje geboren werd.

Jantje ging het minder goed. Zij had sinds de oorlogsjaren psychische problemen en verbleef nog steeds in Licht en Kracht te Assen, waar haar moeder Jantje ieder twee weken kwam opzoeken. De gemeente vergoedde de kosten voor de opname, maar de klachten namen niet af. Jantje kwam er niet bovenop. Het bleek het begin van een psychische lijdensweg. De indertijd nieuwe shocktherapie deed Jantje zelfs veel kwaad. Deze zorgde voor blijvend hersenletsel,

Familiefoto's werden over en weer gestuurd om op de hoogte te blijven van de uitbreidende gezinnen. Klaas Simon en Evelyn met hun gezin in Canada.

waardoor zij afhankelijk werd van veel medicatie en zij de rest van haar leven psychiatrisch patiënt is gebleven.

Simon Albert werkte een tijd lang bij bakker Kuiper in Velp waar hij zijn draai niet kon vinden. Een kantoorfunctie in Groningen of iets in de ziekenverpleging trok hem evenmin. Piet wees hem op een andere mogelijkheid: Waarom niet ook naar Canada? Hij moest dan wel eerst de Landbouwwinterschool doorlopen om er met een diploma op zak naartoe te kunnen. Zodoende woonde hij in 1950 weer bij zijn moeder in Groningen om van daaruit de studie af te ronden. Hij liep stage in de Noordoostpolder bij Gerrit Geertsema, vrienden van Piet en Hanny. Zodra het diploma binnen was, in 1952, verhuisde hij ook naar Canada. Hij ging eerst naar zijn broer in Addison, kwam te werken bij verschillende bedrijven en trouwde er met de eveneens Nederlandse

Simon Albert en Boukje met hun gezin in Canada.

Martje en Fred met hun gezin in Canada.

emigrante Boukje van der Weij. Zij verhuisden naar Toronto en kregen één zoon en drie dochters.

De allerjongste, Martje, voltooide haar opleiding Kinderverzorging en Opvoeding na de oorlog en werkte in 1950 al enige tijd in het Doorgangshuis te Groningen. Zij was financieel grotendeels onafhankelijk. Een bezoek aan Canada samen met haar moeder in 1954 zorgde voor een belangrijke verandering. Zij ontmoette in Addison de Nederlandse emigrant Fred Bouwers. Anderhalf jaar later maakte ook Martje de oversteek naar Canada, om met hem te kunnen trouwen. Zij kregen vijf zoons en vier dochters.

Verloofde Ina

In de aanvraag voor het gezin Dijkema kwam Ina Knottnerus niet als vanzelfsprekend aan bod. Zij werd wel genoemd, maar alleen als het "zeer bemiddeld meisje" dat van plan was geweest met Reint te trouwen. Het bleek het lot van Ina te zijn: de voormalige verloofde van Reint te blijven. Het lukte haar niet een werkelijk nieuw leven op te bouwen, ze bleef ongehuwd. Ina koesterde de herinnering aan Reint. Het is te zien aan het schriftje waarin zij alle relevante nieuwsberichten noteerde, en aan de beduimelde hoesjes met foto's die zij haar leven lang bij zich bleef dragen. Aandoenlijk in haar erfenis was ook het boek *Com nu met sang*, een bundel met Nederlandse liederen die zij op 5 december 1943 van Reint kreeg. In het bijbehorende gedicht liet de Sint weten dat hij liever Neerlands gezang hoorde: "Vol smart soms, vol fierheid en moed. Zulke liederen doen jullie hart veel meer goed."[17]

Praktisch gezien had Ina in de naoorlogse jaren ook weinig keuze. Haar moeder werd in 1949 ziek, waarna zij thuis bleef in Siddeburen om haar te verzorgen. Na de dood van haar moeder nam zij vanzelfsprekend de zorg voor haar vader op zich; hij zou in de jaren '60 overlijden. De boerderij was toen al verkocht en Ina woonde in Haren. Zij kreeg in die periode zelf problemen met haar gezondheid en was vaak aan huis en bed gekluisterd. Het leidde tot een verstild leven; de tijd was in de oorlogsjaren stil blijven staan. Zo zag haar interieur er uit en zo voelde zij het ook. De oorlog bleef een belangrijke rol in haar leven spelen.[18]

Vooral de maanden april en mei met alle herdenkingen en plechtigheden vond Ina ieder jaar weer moeilijk. Veel indruk maakte de eerste officiële herdenking in Kamp Vught, een gelegenheid waar een groot deel van de familie – in ieder geval Ina, moeder Dijkema, Piet en Simon Albert – met een speciale bus naartoe afreisde. Naar latere officiële herdenkingen ging Ina niet meer. Zij verwerkte haar verlies alleen, zonder ceremonieel.

Koningin Wilhelmina bezocht Kamp Vught tijdens de eerste officiële dodenherdenking op 4 mei 1946. De familie Dijkema was ook aanwezig.

Herdenking

Na een soms wat stroeve start kwamen de meeste gezinsleden vanaf de jaren '50 op de juiste plek terecht. Verbindende factor was moeder Dijkema, die na de oorlog in de Oppenheimstraat bleef wonen. Het huis in Groningen stond bij de kleinkinderen bekend om de grote hoeveelheid foto's op de boekenkast. Foto's van de Canadese ooms, tantes, neven en nichten, maar bovenal de foto's van hun oom Reint. Reint was in hun gezinnen dan ook een bekend fenomeen. Hij was voor veel familieleden de personificatie van de oorlogsjaren. In bijna alle takken van de familie werd in de loop der jaren wel een Reint, een Remko of – in het Engels – een Richard geboren. Opvallend was dat Reint ook buiten de familie vernoemd werd. Zoons van collega-verzetsman Jan van den Bergh en waarnemend dokter Simonides in Siddeburen kregen eveneens de naam Reint.[1]

Al snel na de oorlog gingen er stemmen op om speciale onderscheidingen in het leven te roepen. Dergelijke lintjes lagen gevoelig: in het gezin Dijkema, maar ook daarbuiten. Wat te doen met verzetshelden? Het was een onderwerp dat veelvuldig tot discussie leidde. In het najaar van 1945 was er al sprake van een onderscheiding voor verzetsdeelnemers. Illegale werkers juichten het niet toe. Het was niet meer te achterhalen wie wat gedaan had en het leidde vast tot scheve gezichten omdat niet iedereen voor zichzelf of zijn familie een – verdiende – onderscheiding zou aanvragen. Desondanks stelde de regering in mei 1946 toch een Verzetskruis in, dat voornamelijk postuum aan nog geen honderd personen werd uitgereikt.[2]

Op het verzoek om Reint bij te schrijven in de Erelijst der Gevallenen gingen de nabestaanden graag in. Klaas Simon vulde het formulier voor zijn broer in. Het was de uitwerking van een idee dat koningin Wilhelmina al in 1943 opperde. Alle Nederlanders die op welke wijze dan ook gevallen waren gedurende de

Een foto van Reint uit 1941 die bij veel familieleden na de oorlog op de kast stond.

Moeder Dijkema (zittend) en Ina (staand rechts) bij een vakantiereisje van Stichting 1940-1945 op Ameland. Het vakantiehuis was bestemd voor nabestaanden van verzetsslachtoffers en droeg doelbewust de geuzennaam De Terrorist.

Tweede Wereldoorlog kwamen samen in één boek terecht. Vanaf 1949 stond inschrijving open. Nabestaanden moesten dus zelf een formulier indienen. Het resulteerde uiteindelijk in een boek met ruim 18.000 namen, waaronder 7.000 gevallen verzetsmensen.[3] Dat de broers ook zelf voor een onderscheiding of enige genoegdoening in aanmerking kwamen, was voor hen minder vanzelfsprekend.

De oorlog was in de daaropvolgende jaren altijd wel aanwezig, maar drukte zeker niet de sfeer. Moeder Dijkema ging monter door het leven en sprak eigenlijk alleen over de oorlogsjaren als het zo te pas kwam. Op een keer hield een groep studenten haar staande op de Grote Markt in Groningen. Eerstejaars moesten voor hun ontgroening wildvreemde mensen op straat strikken om hun levensverhaal op de soos te komen vertellen. Dat wilde ze wel, als ze ook iets uit de Bijbel mocht voorlezen. In het café van de katholieke studentenvereniging Albertus Magnus tilden de jongens haar op een piano, ze was erg klein. Eerst vroeg moeder Dijkema om een Bijbel, las er een tekst uit voor en vertelde vervolgens haar levensverhaal. Ze vertelde dat ze een gezin had groot gebracht waar ze vanaf 1942 als weduwe alleen voor stond. Ook vertelde ze dat haar kinderen tot over hun oren in het verzet terecht waren gekomen, dat ze haar oudste zoon op deze wijze had verloren, dat een dochter er geestelijk van in de war was geraakt en dat drie van haar kinderen nu in Canada woonden. Het toegestroomd publiek kon niet anders dan onder de indruk zijn. Geheel in eigen stijl koppelde zij er nog het motto aan dat je altijd op God moest blijven vertrouwen, omdat de Heer ook haar bijstond. Ze putte troost en steun uit het geloof. Dat deed ze ook in dagelijkse dingen. Als er in tijden van nood een zak aardappelen op de stoep stond, wist ze daarin altijd Gods hand te zien.[4]

Typerend ook was een van de bezoeken aan een herdenkingsbijeenkomst in Vught, midden jaren '60. Zij was er alleen naartoe gegaan en kon vanwege het late uur na de plechtigheid niet meer naar Groningen reizen. Omdat de uitnodiging van de burgemeester afkomstig was, klopte ze bij hem aan. Of ze in zijn huis mocht overnachten, opdat zij de volgende ochtend terug kon reizen? Geen vraag om medelijden of uitgebreide erkenning, wel er vanzelfsprekend van uitgaand dat zij recht had op een slaapplaats. En zo gebeurde het ook.

In 1947 opende prinses Juliana het nieuwe monument in Kamp Vught, waarvan het houten kruis nog altijd deel uitmaakt.

Sterk en onverwoestbaar optimistisch, moeder Dijkema, 1957.

Verwerking

Onder de verzetsnaam Harry van Trouw haalde Harry Niemeijer in 1969 herinneringen op aan de oorlogsjaren. Hij memoreerde daarbij de daden van onder andere Reint en Piet Dijkema. "Na de bevrijding zijn heel wat mensen bewierookt en beladen met dit en dat, maar de jongens van Dijkema niet. Nooit heb ik begrepen, dat Reint Dijkema en zijn broer niks gekregen hebben." Dan schamper: "Of ik begrijp het wel: deze jongens hebben bepaald zichzelf niet gezocht."[5]

Het was inderdaad zo dat Piet en Klaas Simon dergelijke erkenning niet zochten. Zij dachten wel klaar te zijn met de oorlog. Dat gold niet voor hun zus Jantje, en evenmin voor Albartus. Hij kwam er ook na al die jaren niet van los. Hij bleef met psychische problemen kampen nadat hij uit Indonesië was teruggekeerd; later veranderde dit in een groot alcoholprobleem. De angsten die hij in 1942 in Kamp Amersfoort had moeten doorstaan, weken nooit meer van zijn zijde. Angsten waaraan hij in de oorlogsjaren niet kon en mocht toegegeven, kwamen nu boven. Bij Reint had angst nauwelijks een rol gespeeld; die instelling had hij van zijn jongere broers ook verwacht.

Albartus hield er een levenslang trauma aan over. Dat bijvoorbeeld Lou de Jong hun eerste openlijke verzetsdaad met de Jodensterren in Groningen niet in zijn standaardwerk vermeldde, stak hem zeer. Des te meer waarde hechtte hij daarom aan twee in 1965 gevonden zilveren Davidssterren. Hij vond ze tussen het afval op straat en zag de vondst persoonlijk als een "goddelijke onderscheiding". Albartus droeg ze sindsdien trouw.[6] Geweld bleef voor hem een gevoelig onderwerp. Hij ontplooide zich tot een pacifistisch activistisch christen, en schreef daartoe vele ingezonden brieven naar allerhande kranten.

De broers wilden geen lintjes, maar de geboden financiële steun werd na verloop van tijd – schoorvoetend – wel aanvaard. Aanleiding voor Piet was het ernstige hartinfarct dat Hanny op haar 44ste jaar kreeg. Artsen waren nog vrijwel onbekend met deze kwaal bij vrouwen, dus zij ging geruime tijd het ziekenhuis in en moest daarna thuis verplicht rusten. Voor het gezin met zeven kinderen een zware tijd. Een buitengewoon pensioen zou in ieder geval financieel enige verlichting brengen. Dit betekende wel dat Stichting 1940-1945 een onderzoek instelde. De Stichting schreef betrokkenen aan en verlangde een overzicht van alle illegale werkzaamheden van Hanny. Dat rakelde van alles op. Zaken waar eerst nauwelijks over gepraat werd, moesten nu onder woorden gebracht worden.

De aangeschreven personen waren het er unaniem over eens dat Hanny in belangrijke mate had bijgedragen aan het binnenlands verzet en daardoor recht had op een buitengewoon pensioen. "Zij was maar tenger, maar zij kon veel werk verzetten. Zij fietste overal naar toe en legde vaak lange afstanden af. Zij was altijd optimistisch,

Gedenksteen van de Christelijke HBS te Groningen, tegenwoordig in het trappenhuis van het Wessel Gansfort College.

vindingrijk en niet bang", zo was de strekking van de meeste verklaringen. Die angst was er overigens wel, schreef Hanny zelf in het begeleidend medisch rapport. De angst bijvoorbeeld om 's avonds of 's nachts alleen thuis te zijn, het was iets waarover ze liever niet sprak. "Het lijkt zo infantiel, en vooral tegenover je kinderen wil je die angst niet laten blijken", aldus haar verklaring. Zij vermoedde dat er een verband bestond tussen haar hartkwaal en de fysieke en emotionele inspanningen die zij vooral in het laatste oorlogsjaar moest leveren.[7]

Het toegekende pensioen was een welkome financiële steun in de rug, die enkele jaren later nog harder nodig was. Niet Hanny met haar zwakke hart maar Piet overleed in 1973, slechts 51 jaar oud, plotseling aan – vermoedelijk – een herseninfarct. Zijn gezondheid was in de loop der jaren verslechterd. Hij had last gekregen van depressies en was zo nu en dan behoorlijk in de war. Het lijkt er op dat Piet te kampen had met een posttraumatische stressstoornis, een psychische aandoening die toen nog nauwelijks onderkend werd en waarvan de diagnose dus ook niet werd gesteld. Dat hij – en zijn broers – aan stressvolle situaties hadden blootgestaan, leidt echter geen twijfel. Toen kort na elkaar ook nog eens twee bevriende collega's plotseling overleden, leek het einde zoek. Piet begon te twijfelen aan zijn geloof. Er veranderde veel eind jaren '60, en zijn kinderen bleven lang niet allemaal het gereformeerde gedachtegoed trouw. Zijn rotsvaste vertrouwen op het geloof kreeg een behoorlijke knauw toen alles zich zo tegen hem leek te keren.[8]

Oorkonde

uitgereikt aan

J.W. Jansen,

als erkenning en waardering voor de vele en gevaarvolle diensten, waardoor het gewapend verzet der Landelijke Knokploegen tijdens de bezettingsjaren werd mogelijk gemaakt.

Namens de leiding der L.K.P.

De Secretaris, De Voorzitter,

Wordt nog eens in later dagen
Neerlands vlag ten strijd ontplooid
Sterven zullen wij haar schragen,
Maar die vlag verlaten.... nooit!

Hanny ontving voor haar koerierswerk een oorkonde van de organisatie Landelijke Knokploegen.

In dezelfde periode worstelde ook Klaas Simon in Canada met het oorlogsverleden. Hoewel er geen taboe lag op de oorlogservaringen, was het zeker in Canada geen terugkerend onderwerp van gesprek. Klaas Simon en Simon Albert leerden hun echtgenotes pas na de oorlog kennen, die deden het af als Wildwestverhalen. De vele nachtmerries waar Klaas Simon vanaf eind jaren '60 aan leed, leken daarom bijna uit de lucht te komen vallen. Hij zat danig met zichzelf in de knoop, had enorm veel last van schuldgevoelens en moest zelfs enige tijd opgenomen worden. Therapeutisch heilzaam in dat opzicht was de reis die Piet in 1972 nog naar Canada had gemaakt, waar toen een van zijn dochters woonde. Hij zag zijn broers Klaas Simon en Simon Albert voor het eerst sinds jaren terug. Avonden lang praatten zij over de ellende van de oorlogsjaren. Hun broer en vrienden die ze verloren hadden, onschuldigen die door hun verzetsdaden zomaar doodgeschoten waren en de problemen die het later opleverde. Er werd ook gelachen. De oorlogsjaren waren zwaar geweest, maar kenden toch zeker

Albartus met de in 1965 gevonden Davidssterren, zijn "goddelijke onderscheiding", 1988.

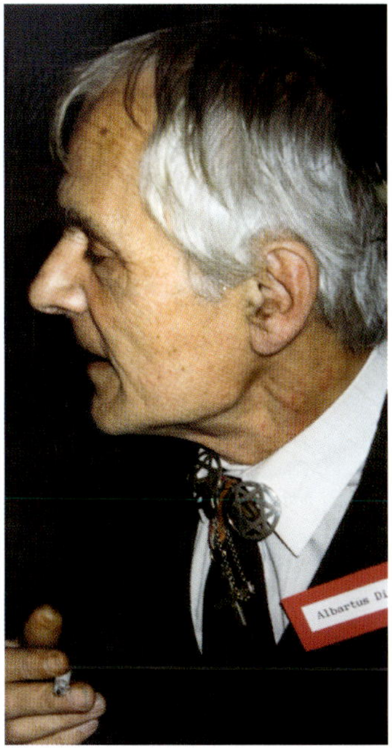

ook hun romantiek met heldenmoed, rare voorvallen en gedeelde spanningen.

Hoe intensief de gesprekken ook waren, toen Piet eenmaal in het vliegtuig terug naar Nederland zat, ging het boek weer dicht. Het was geen onderwerp van gesprek meer.

Piet zou korte tijd later overlijden. Klaas Simon bleef de problemen met zich meedragen. Zeker in zijn laatste levensjaren kwamen de angststoornissen weer terug. Hij keek geleidelijk aan vaker terug op de oorlogsjaren, zonder dit overigens met anderen te delen. Tijdens een van zijn bezoeken aan Nederland ging hij nog langs bij het oude huis in de Oppenheimstraat. Hij groef in de schuur onder een bepaalde tegel, vond er een na de oorlog verstopt wapen en bekeek het. Het zag er goed uit, waarna hij het wapen in 't vet zette en het wederom in het gat begroef. Alsof er al die jaren niets veranderd was.[9]

Dertig jaar na de oorlog kon een trieste balans opgemaakt worden. Van de zeven kinderen Dijkema was er één tijdens de oorlog gefusilleerd, hadden vier in meer of mindere mate last van oorlogstrauma's en waren alleen de jongste twee kinderen buiten schot gebleven. Simon Albert en Martje hielden, net als hun moeder, geen psychische schade over aan de oorlogsjaren. Voor Stichting 1940-1945 was het echter zonneklaar dat zij net als de andere gezinsleden aan "buitengewoon zware en langdurige spanningen" hadden blootgestaan. Of zij nu veel of weinig hadden gedaan, zij woonden allemaal in het huis aan de Jozef Israëlsstraat dat langzaamaan veranderde in een "arsenaal van verzetsbenodigdheden" met wapens, munitie, uniformen en valse stempels.[10] Dus wie het nodig had, kon een beroep op een bijdrage doen. Ook Ina ontving na verloop van tijd een uitkering. Niet als oorlogsweduwe, wel als de verloofde van Reint. Zij had immers samen met haar ouders regelmatig opvang geboden aan een zwaar gezochte verzetsman.

Erkenning

In de aanloop naar de herdenking van 35 jaar bevrijding in 1980 kwam er een nieuw initiatief voor verzetsdecoraties. Op aanvraag kon het Nationaal Comité verzetsherdenkingskruisen uitreiken. Gezien de criteria kwam een groot deel van het verzetsgezin Dijkema – en aanhang – hiervoor in aanmerking.[11] Zij zagen daarvan echter het nut niet in. Het was te lang geleden, dat lag achter hen en ze wilden er niet mee te koop lopen. Piet was zelfs al overleden en Klaas Simon woonde in Canada. Van de diverse gezinsleden hechtte eigenlijk alleen Albartus waarde aan het lintje. Hij vroeg het verzetsherdenkingskruis aan: voor zichzelf en postuum voor zijn broers Reint en Piet. Het lintje voor Reint werd op 15 februari 1982 toegekend en enkele maanden later tijdens een bijeenkomst in de Martinikerk door prins Bernhard persoonlijk aan zus Jantje uitgereikt. Het verzetsherdenkingskruis voor Piet kwam er niet. Weduwe Hanny Dijkema en haar kinderen trokken de aanvraag in. Piet zou het niet gewild hebben.[12]

Jantje nam op 15 februari 1982 het postuum toegekende verzetsherdenkingskruis voor haar broer Reint aan, uitgereikt door prins Bernhard.

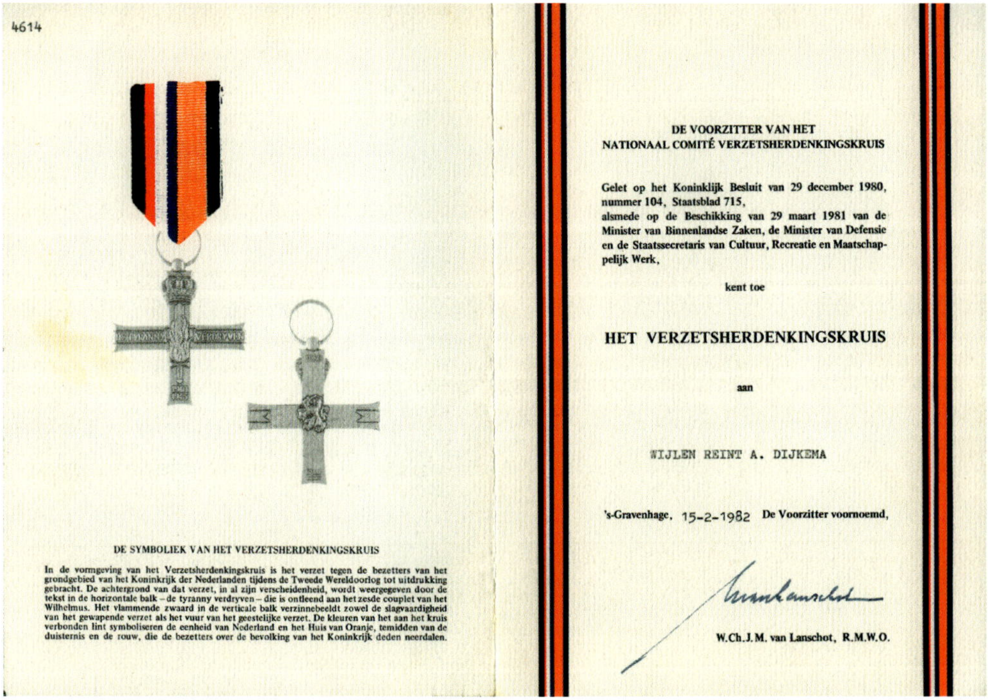
4614

DE SYMBOLIEK VAN HET VERZETSHERDENKINGSKRUIS

In de vormgeving van het Verzetsherdenkingskruis is het verzet tegen de bezetters van het grondgebied van het Koninkrijk der Nederlanden tijdens de Tweede Wereldoorlog tot uitdrukking gebracht. De achtergrond van dat verzet, in al zijn verscheidenheid, wordt weergegeven door de tekst in de horizontale balk – de tyranny verdryven – die is ontleend aan het zesde couplet van het Wilhelmus. Het vlammende zwaard in de verticale balk verzinnebeeldt zowel de slagvaardigheid van het gewapende verzet als het vuur van het geestelijke verzet. De kleuren van het aan het kruis verbonden lint symboliseren de eenheid van Nederland en het Huis van Oranje, temidden van de duisternis en de rouw, die de bezetters over de bevolking van het Koninkrijk deden neerdalen.

DE VOORZITTER VAN HET
NATIONAAL COMITÉ VERZETSHERDENKINGSKRUIS

Gelet op het Koninklijk Besluit van 29 december 1980, nummer 104, Staatsblad 715,
alsmede op de Beschikking van 29 maart 1981 van de Minister van Binnenlandse Zaken, de Minister van Defensie en de Staatssecretaris van Cultuur, Recreatie en Maatschappelijk Werk,

kent toe

HET VERZETSHERDENKINGSKRUIS

aan

WIJLEN REINT A. DIJKEMA

's-Gravenhage, 15-2-1982 De Voorzitter voornoemd,

W.Ch.J.M. van Lanschot, R.M.W.O.

Juist door de uitgebreide herdenkingen van de Tweede Wereldoorlog in de jaren '80 kwamen er wel vragen bij de volgende generatie. Hoe was het nu allemaal precies gegaan? Veel getuigen uit de eerste hand vielen weg. Naast Reint was nu ook Piet er niet meer, en in 1986 overleed Ina. De familie Dijkema was voor haar altijd 'de familie' gebleven, ook omgekeerd voor de neven en nichten die haar met enige regelmaat bleven bezoeken. Ina had begin jaren '80 haar zelfstandigheid moeten opgeven en woonde de laatste jaren van haar leven bij haar zus Wil in Aerdenhout. Uit haar erfenis kwam onder andere een bureautje met persoonlijke papieren tevoorschijn. Enkele belangrijke geschriften – zoals de brief van Reint – waren eerder al aan familieleden toevertrouwd.

Een jaar voor Ina was moeder Dijkema op hoge leeftijd overleden. Zij was al die jaren gewoonweg doorgegaan, ook als er grote financiële moeilijkheden waren en er nieuwe zorgen voor haar kinderen bijkwamen. Vanaf eind jaren '50 tot het midden van de jaren '80 had dochter Jantje weer thuis bij haar gewoond, met alle stemmingswisselingen van dien. Nadat moeder Dijkema was overleden, kreeg Jantje de laatste jaren van haar leven verzorging in Dennenoord te Zuidlaren waar zij op 71-jarige leeftijd stierf. Zij werd – net als haar ouders – in Siddeburen begraven.[13]

Nu de eerste generatie langzaamaan wegviel en de overgebleven betrokkenen de verhalen over de oorlog grotendeels achter zich lieten, bleek het soms moeilijk om de vragen van de tweede generatie te beantwoorden. De nasleep van de oorlog drukte hoe dan ook een stempel op hun gezinnen. Een aantal van hen verzamelde jarenlang gegevens over hun ouders, over de oorlog en

Moeder Dijkema zou 96 jaar oud worden. Toen haar gehoor verslechterde, gebruikte zij een luisterhoorn.

over de Groninger verzetsdaden. Anderen voelden sterke behoefte om ook deze geschiedenis een plek in hun – eigen – leven te geven. Geleidelijk aan kwam er informatie boven water, vaak ook doordat de kinderen onderling met elkaar uitwisselden wat zij wisten.

De kinderen van Albartus en Piet kregen nog redelijk wat verhalen mee, de laatsten vooral via hun moeder. Hanny maakte er voor de kinderen spannende verhalen van zoals zij ook eerder al deed met het verhaal 't Ventje en de Landwacht (bijlage 3). Dat leverde samen met de toegenomen aandacht voor oorlog en verzet in de media soms verwarring op. Het waren toch wezenlijke zaken geweest, die nu bijna als een onbelangrijk verhaaltje werden weggewuifd. Over het verdriet en de eventuele schuldgevoelens sprak ze niet. Pas nadat Piet was overleden, werd langzaamaan duidelijk hoe de oorlog het doen en laten in het gezin had beïnvloed. Dankzij de toegenomen medische wetenschap zou Hanny haar man onverwacht nog tientallen jaren overleven. Zij schreef nog enkele stukken naar aanleiding van een herinneringsalbum voor de kleinkinderen, maar voltooide ze niet allemaal. Het haalde meer oud zeer op dan ze vermoed had.[14]

De kinderen van Klaas Simon en Simon Albert kwamen nauwelijks iets over het oorlogsverleden van hun vaders te weten. Dat was voor hen een – afgesloten – Nederlands hoofdstuk geweest. In Canada had je het er niet over. Het was daarom ook bijna toevallig dat het

Bonnie, Martje, Jantje, Albartus, Plonie en Klaas Simon (zittend) samen op een reünie van de familie Riepma in Loppersum, 1988.

Klaas Simon, 1998.

door Piet gedicteerde verslag over de oorlogsjaren met de beschrijving van de diverse verzetsdaden enkele jaren geleden boven water kwam. De kinderen van Klaas Simon vonden het na zijn overlijden in 1999. Zij hadden geen weet van de inhoud. Het verslag was in het Nederlands opgesteld, dus ze konden het niet lezen.[15]

De vondst van dit document viel bijna naadloos samen met het initiatief van de historische vereniging Bie t Schildt in Siddeburen om erkenning voor het verzetswerk van Reint Dijkema door de reeks artikelen van Evert Jager. Vast kwam te staan dat Reint op het moment van zijn dood in 1944 nog stond ingeschreven in het bevolkingsregister van de gemeente Slochteren, waarna zijn naam alsnog is toegevoegd aan de lijst met Siddebuurster oorlogsdoden. Sindsdien wordt ook zijn naam elke vierde mei tijdens de dodenherdenking genoemd. Tot slot besloot het gemeentebestuur een straat in plan Traas, achter de voormalige boerderij van de familie Knottnerus, naar Reint Dijkema te vernoemen.

Het kwam op het juiste moment. De erkenning die de ouders niet wilden – of konden – vragen, en daardoor nooit hebben gekregen, veroorzaakte bij sommige kinderen van de tweede generatie een emotioneel gat. Dit

Onthulling van de Reint Dijkemastraat in Siddeburen. Simon Albert en Albartus op de voorgrond, aan de rechterzijde burgemeester Cees Verstegen en Evert Jager, 2005.

werd gedicht toen op 4 mei 2005 de naam van Reint Dijkema werd toegevoegd aan de lijst van gevallen oorlogsslachtoffers in Siddeburen en het straatnaambord werd onthuld met zijn naam. Duidelijk was nu ook dat naast 'oom Reint' vrijwel iedereen in het gezin Dijkema bij het verzet betrokken was geweest. Het zette een en ander in perspectief. De kinderen van Piet en Albartus waren dan ook allen aanwezig. Uit Canada waren Simon Albert en de drie jongste kinderen van Klaas Simon speciaal overgekomen voor deze gebeurtenis. De broers Albartus en Simon Albert onthulden het straatnaambord.

De gebroeders Dijkema waren zo weer even allemaal onderdeel van hun woonplaats Siddeburen en daarmee van hun gezamenlijke verzetsverleden. Deze zichtbare tekens van erkenning zorgen ervoor dat ook volgende generaties dat verhaal kunnen doorgeven.

Reint Dijkema, bijgeschreven op het oorlogsmonument aan de Viskenijstraat in Siddeburen.

Familieleden aanwezig bij de onthulling van het straatnaambord, 2005.

Stamboom

Klaas Dijkema (27-5-1883 – 25-4-1942, Siddeburen)
x
Elske Catharina Riepma (20-10-1888 – 20-2-1985, Siddeburen)

Reint Albartus Dijkema (20-5-1920 – 22-8-1944, Vught)
Verloofd met Geessiena Willemina (Ina) Knottnerus (18-6-1920 – 17-12-1986, Velzen)

Pieter Klaas Dijkema (30-10-1921 – 2-10-1973, Emmeloord)
x Johanna Willemina (Hanny) Jansen (9-11-1922 – 26-3-1996, Emmeloord)

Albartus Willem Dijkema (17-5-1923 – 8-3-2007, Groningen)
x Plonie Wigboldus (22-5-1925 – 23-10-1997, Groningen)

Klaas Simon Dijkema (9-10-1924 – 2-1-1999, Athens, Ontario Canada)
x Evelyn de Schiffart (12-9-1932 – 9-3-1981, Athens, Ontario Canada)
x Boukje Schaafsma (geb. 28-8-1927)

Jantje Engelina Dijkema (1-5-1926 – 15-9-1993, Siddeburen)

Simon Albert Dijkema (geb. 5-4-1928)
x Boukje van der Weij (geb. 17-1-1929)

Martje Catharina Dijkema (11-9-1929 – 2-12-2000, Williamsburg, Ontario Canada)
x Fred Bouwers (30-6-1933 – 24-1-2014, Chiliwack, Ontario Canada)

Bijlage 1
Verslag dominee J. Schuurmans, Scholtenhuis

Woensdag 7 juni [1944], 's avonds ongeveer 11 uur, werd ik op 't Scholtenshuis een kleine kamer binnengeduwd door een SD officier en met mijn gezicht tegen de muur geduwd. Het was op de bovenste verdieping de meest rechtsche kamer aan de Groote Markt. Rechts en links van me stonden ook een paar mannen tegen de muur, evenals ik ongeboeid. Verder zaten of lagen er een aantal op de vloer, sommigen geboeid, waarvan drie aan handen en voeten. Bij een tafeltje zaten de bewakers, nl. twee landwachten en een *Grüne*. Mijn buren stonden kaarsrecht en zwijgend tegen de muur. Ook van de andere arrestanten zei niemand een woord. Alleen de beide landwachten spraken met elkaar en zoo nu en dan in gebroken Duitsch met de *Grüne*. Alleen zoo nu en dan hoorde ik iemand kreunen, iemand die op de vloer lag. Dat bleek me later Sep Hahn te zijn, die, half in slaap, telkens kreunde vanwege de ongemakkelijke houding waarin hij, geboeid aan handen en voeten, moest slapen. Voorzichtig draaide ik mijn hoofd links en rechts om te kijken wie daar stonden, zaten of lagen. Ik kende er niemand van, behalve één naar ik meende. Hij zat op de vloer, met zijn rug tegen de muur. Hij was aan handen en voeten geboeid. Zijn eene arm was gespalkt. Zijn kleeren zaten slordig om zijn lichaam en hier en daar zat er bloed op. Hij had geen schoenen aan. Zijn gezicht was gekneusd en gezwollen. Meestal waren zijn diepliggende oogen gesloten. Toch sliep hij niet. Soms deed hij een poging met zijn geboeide handen wat orde te brengen in zijn lange donkere haardos of in zijn kleeding. Ik meende hem meer gezien te hebben, maar kon hem niet thuis brengen. Telkens weer moest ik naar hem kijken en zocht dan in mijn herinnering naar de plaats en tijd dat ik hem eerder ontmoet had, maar tevergeefs.

Weer morrelden zijn geboeide handen aan de ritssluiting van zijn pullover. Iets van zijn onderkleeren zat er in vastgehaakt, zoodat 't ding niet dicht wou trekken. Maar de geboeide handen gaven de pogingen daartoe niet op. Ineens een nijdige stem van een der wachten: "Laat zitten jong, dat ding. Wat doet 't er toe hoe jij er uit ziet. Jou schieten ze toch dood." Kalm en rustig kwam 't antwoord: "Dat weet ik wel, maar zoolang je leeft wil je er toch ook nog een beetje netjes uitzien, als dat mogelijk is." "Dat is die kerel", hoorde ik dezelfde landwacht tegen de andere zeggen, "die al die moorden op zijn geweten heeft. Elzinga heeft hij doodgeschoten en die wachtman hier en door zoo'n zwijn hebben toen een heel aantal burgers in de Oudejaarsnacht 't leven moeten laten." "Dat is flauwe kul", zei ineens de geboeide, "er heeft toen in de krant gestaan dat die lui doodgeschoten waren omdat ze wilden ontvluchten". "Hou je bek" bitste de stem van de landwacht, "er wordt jou niks gevraagd". De landwacht deed nu een heel verhaal tegen zijn collega. "De vent is gereformeerd, zei hij. Hij studeerde voor dokter of is, geloof ik, al dokter. Die gereformeerden zijn nog 't ergste. Maar de hervormden zijn ook niet veel beter. In de bijbel staat dat ze niet mogen haten, maar ze doen 't allemaal. Mijn familie ook. Allemaal gaan ze naar de kerk, maar mij haten ze omdat ik lid van de NSB ben. Ik heb nooit een mensch lastig gevallen, maar hun deur sluiten ze voor mij en op straat beantwoorden ze mijn groet niet. En zoo zijn al die kerkmenschen; ze haten ons allemaal."

Ik waagde het me een kwartslag om te draaien. "Ik behoor ook tot de kerkmenschen", zei ik: "maar ik haat niemand. Dus wat u zegt is onjuist." De man stak net een nieuwe cigaret op. “Wie is u”, vroeg hij. “Ik werkte als zendeling op Celebes.” “Waarvoor is u nu hier?” Ik vertelde over een brochure over professor Schilder te hebben willen halen bij iemand, waar echter de woning door de SD bezet bleek te zijn, die me arresteerde. (Dat ik daar geld voor *Trouw* kwam afdragen vertelde ik natuurlijk niet.) Er ontspon zich toen een heel gesprek over ’t groote verschil tusschen haten en ’t principieel iets afwijzen, over de eischen van ’t evangelie enz. Van de overige arrestanten mengde zich niemand in dit gesprek, behalve een man in een blauwe overal, wiens handen geboeid waren. Ik had echter ondertusschen gelegenheid de anderen iets beter op te nemen. De jonge man met de gespalkte arm was recht tegen de muur gaan zitten. Ik keek hem nog eens goed in zijn gezicht. Hij keek ook mij aan. “Hebben wij elkaar niet eerder ontmoet?” vroeg ik. “Ja”, zei hij, “u komt mij ook zoo bekend voor.” “Kan het op een studentenconferentie geweest zijn”, vroeg ik. We spraken luid op. De landwachten luisterden, maar niemand verbood ons te spreken. Ik vroeg zijn naam. “Ik was Frans”, zei hij, “maar heet in werkelijkheid Reint Dijkema.” We gingen na waar we elkaar misschien eerder ontmoet konden hebben, doch tevergeefs. Ineens wist ik waar de vergissing lag. Hij leek ontzettend veel op een bestuursambtenaar die ik in Indië had ontmoet, iemand uit Limburg en in ’t geheel geen familie van Reint. Van Kekum heette die man.

Ons gesprek werd ineens afgebroken door de stem van de *Grüne*: *Schweigen*! Ik ging weer met mijn gezicht naar de muur staan en Reint ging als een egel in elkaar op de vloer liggen met zijn regenjas als een bundeltje onder zijn hoofd. Den volgenden morgen om 6 uur kwamen een aantal Duitschers binnen. Reint werd wakker geschopt en bevolen op te staan. Hij werd aangeblaft met een uitgezocht stel scheldwoorden en stond alles met gebogen hoofd aan te horen. Soms sloegen ze hem om zijn ooren met de hand of met een leeren riem. Dan kwam even zijn arm omhoog om zijn gezicht te beschermen, wat maar zeer ten deele gelukte, vooral door de boeien en de gespalkte arm. Toen ze hem eindelijk met rust lieten, was zijn gezicht weer erger gekneusd. Rondom zijn oogen was ’t nog meer gezwollen, zoodat die oogen nog dieper lagen. Hij had onder de mishandeling geen kik gegeven, moest nu ook met ’t gezicht naar de muur staan, maar even keek hij opzij en onze oogen ontmoetten elkaar en een spottend lachje kwam op zijn gezicht. Wat een kerel, dacht ik. Goed dat zijn beulen dat spottende lachje niet zien.

Even later moesten we naar de zolder. Enkelen, waaronder ook Reint en Sep Hahn mochten op een stoel zitten met ’t gezicht naar de muur. De anderen moesten staan. Een oude man bracht voor ieder een homp brood en een kop koffie. Van die dag weet ik me verder weinig te herinneren. ’t Voortdurend staan begon me te vermoeien en ’t drong nu pas tot me door hoe volkomen rechteloos en machteloos ik hier was. Overgeleverd aan de willekeur van totaal hartelooze menschen. Waar ik er stellig op gerekend had en ook gehoopt spoedig te worden verhoord, maakte het me innerlijk hoe langer hoe opstandiger dat men mij hier maar liet staan, terwijl de anderen dien dag voor en na allen verhoord werden. Sommigen van hen kwamen na het verhoor niet meer bij ons terug.

’s Middags kregen we een bord stamppot, dat ik ook weer staande moest eten. Vermoeid van ’t staan en steeds maar denkende aan mijn vrouw, die wel doodelijk ongerust moest zijn, omdat ze immers niet wist waar ik was, kon ik ’t eten er niet door krijgen. Naast me zat op een trapje naar de voorzolder de jonge man in blauwe overal. Hij was voor ’t verhoor geweest, zat weer met geboeide handen en was vreeselijk onrustig. Hij schikte telkens heen en weer op ’t trapje en zuchtte en steunde. “Hoe is ’t”, vroeg ik. Zonder op te kijken zei hij: “slecht”. Eindelijk tegen de avond mocht ik gaan zitten. We kregen weer een homp brood en wat koffie en om 10 uur verhuisden we weer naar de kamer van de vorige nacht. Zoo ging 't verder iedere dag en nacht. Overdag op de zolder, 's nachts in de kamer. De tweede dag kwam ik tusschen Reint en Sep op de zolder te zitten. Weer werden al de anderen verhoord, ik alleen niet. Telkens wanneer er iemand weggehaald werd of weer teruggebracht en de 2 of 3 man *Grüne* die ons bewaakte minder scherp opletten, fluisterden we haastig enkele woorden met elkaar. Zoo hoorde ik van Reint en Sep beide waarvoor ze daar zaten, hoe ze gearresteerd waren enz. Zoo nu en dan kwam er weer eens een of andere SS-man binnen die dan soms Reint de les ging lezen, waarbij hij zich dan meestal hevig opwond en er op los sloeg. Ook een der opperwachtmeesters van de *Grüne*, die ons bewaakte, deed dat telkens. Reint gaf nooit een kik en telkens na afloop van zoo'n mishandeling keek hij mij even aan en zag ik weer datzelfde spottende lachje op zijn gezicht. Toen ik hem zei hoe erg ik die mishandelingen vond, zei hij glimlachend: "Eigenaardig, ik voel er niets van. 't Is vreemd, maar 't is net of ze me op geen enkele manier pijn kunnen doen." Hij zat veel met voorovergebogen hoofd en gesloten oogen op zijn stoel. Sliep hij of zocht hij kracht in 't gebed? Ik geloof dit laatste.

Op den derden dag kwam een groep politieagenten binnen met een SD-beambte van 't Scholtenshuis en werden een rij namen afgelezen van gevangenen die naar 't Huis van Bewaring moesten worden overgebracht. Ook mijn naam werd afgelezen. Ik was nog nooit voor 't verhoor geweest en dacht: ze hebben geen bewijzen tegen mij, maar willen me toch voorloopig vasthouden. Dat moet ik zien te voorkomen. Ik protesteerde hevig, beweerde dat bij mijn arrestatie mij beloofd was mij nog dien zelfden avond te zullen verhooren en 't dus geen manier was me nu maar op te sluiten. De SD-beambte ging even nadere instructies halen en kwam terug met de mededeeling dat ik desgewenscht op 't Scholtenshuis mocht blijven. Zoo bleven we met ons vieren achter, Reint, Sep, Te Linter (Wim) en ik. Voortdurend, dag en nacht waren 2 of 3 mannen van de *Grüne* bij ons in de kamer om ons te bewaken. Overdag waren we op de rommelige, vuile zolder en 's nachts in de kamer aan de voorkant, waar verder den geheelen dag verhooren werden afgenomen en onze bewakers meestal een deel van de nacht ramen en deuren tegen elkaar openzetten om de onfrissche lucht kwijt te raken, waardoor wij van de tocht en kou niet konden slapen, omdat 't juist in die dagen erg guur en koud was buiten.

De eerste dag dat we met ons vieren waren, vroeg een van de bewakers waarom ik niet geboeid was en wie ik was. 't Was voor mij een welkome afleiding om wat te praten. Ik vertelde van Indië, van 't leven als zendeling. 't Bleek toen dat bij deze *Grüne* verschillende roomschen waren uit Beieren en Sudeten-Duitschland, voor wie 't begrip 'missionar' wel eenige inhoud had. Toen 's middags andere bewakers kwamen, was daarbij ook weer de opperwachtmeester, die Reint meermalen sloeg. Hij vroeg dadelijk bij 't binnenkomen: "Is u een missionar?" Weer had ik gelegenheid tot praten en vertellen. Ondertusschen moest Te Linter even naar de wc. De opperwachtmeester maakte zijn boeien los en sloeg daarmee Reint om de ooren. Ik protesteerde toen onmiddellijk. "Ik meende", zoo zei ik, "dat Duitschers begrip hadden voor vaderlandschliefde. Hebt u dan geen begrip voor de vaderlandschliefde van deze jonge man, die zijn leven en toekomst en alles wat hem lief is opoffert voor zijn land en volk?" "Hij vaderlandsliefde?", smaalde de *Grüne*, "hij schiet zijn eigen landgenooten dood. Noemt u dat vaderlandschliefde?" "Ja", zei ik, "want hij zag in die landgenooten menschen die den vijand hielpen om 't eigen volk er onder te krijgen. Stel u voor dat Duitschland bezet wordt." "Dat zal nooit gebeuren", zei de *Grüne*. "Nu ja", zei ik, "maar stel nu eens een enkel oogenblik u voor dat dit gebeurt. En stel u voor dat er dan menschen zijn uit uw eigen volk die de bezettende macht, door u als vijanden gezien, zooveel mogelijk gaan helpen, om 't eigen volk er onder te krijgen. Zou u dan misschien ook niet, als u de kans kreeg, die kerels doodschieten?" "Stellig", was zijn antwoord. Nu had ik de *Grüne* waar ik hem hebben wilde. "Als dat zoo is, dan moet ge bewondering hebben voor deze menschen, in plaats van hen te slaan", zei ik. De opperwachtmeester mompelde nog wat, maar Reint heb ik sedert dien niet meer zien mishandelen. Integendeel, Reint, Sep en Te Linder kregen zoo nu en dan een cigaret van hem. Reint had zelf ook nog wat tabak in zijn zak en nog wat cigarettenpapier en wist daar soms ook nog een strootje van te draaien. (Ik rookte niet en deed dus niet mee.) Van de Hollandsche SD-man Luchtenberg, die vaak even bij ons kwam en altijd een zeer sympathieke houding aannam, kregen zij ook geregeld cigaretten. Op cigaretten waren ze alle drie verzot en ze deelden alles broederlijk. Soms moest één cigaret bij alle drie circuleeren, om de beurt een trekje. Reint kreeg toen al spoedig last van zijn arm. De ellepijp was doorgeschoten en die arm was niet goed gespalkt. Hij vroeg aan Luchtenberg of de dokter eens mocht komen, waarvoor Luchtenberg dan ook zorgde. De oude man die ons brood bracht, was een oudgediende van de politie, waarschijnlijk geen NSB-er, maar nog bij de politie als kok werkzaam. Te Linter, die tot zijn arrestatie bij de politie werkzaam was, kende hem. Te Linter vroeg toen aan de heer Luchtenberg of hij door deze kok wat tabak mocht vragen aan politieagenten. Dat werd toegestaan en elken dag bracht de kok een pakje shag mee. De jongens waren opgetogen en rookten een groot deel van de dag. Dat was vooral daarom ook een welkome afleiding voor hen omdat ze niet veel met elkaar mochten praten.

's Nachts hadden we het soms erg koud. Op de zolder waar we overdag zaten lag, opgerold, een oude looper. We vroegen of we die 's nachts over ons mochten leggen. Dit werd toegestaan en elken avond, wanneer we gingen slapen rolde ik de looper uit over de anderen en kroop er dan zelf bij onder. We mochten toen ook voor ieder een stoelzitting (bekleed) gebruiken voor hoofdkussen. Zoo werd het verblijf daar wel iets gemoedelijker en gemakkelijker. Het vooruitzicht voor mijn drie vrienden was echter hopeloos. Ze begrepen alle drie dat het zeer waarschijnlijk op een ter doodveroordeeling zou uitloopen. Soms konden ze daar kalm over spreken. Soms ook drukte hen dit vooruitzicht zwaar. Sep had soms erg sombere uren. Vooral na een verhoor. Bij Reint merkte men zooiets veel minder. Hij sprak veel over zijn moeder, zijn verloofde, zijn broers, weinig over zichzelf. Een heel enkele maal zei hij: "Wat een idealen moet men toch opgeven. We stonden nog zoo vóór 't leven en nu te weten dat 't ineens moet afloopen." Tegen de dood zag Reint niet op. Sep soms nog wel. Wi[m] liet zich er nooit over uit. Wim maakte soms een heel onsympathieke indruk. Vooral na een verhoor. Hij liet zich dan blijkbaar soms overhalen alcohol te drinken en kwam half boven zijn theewater weer bij ons op de zolder. Dan was hij soms erg vroolijk, lachte en sloeg er allerlei onzin uit. Hij beweerde dan meermalen dat ze voor hem als politieman achting hadden en dat hij hoop had nog wel aan den dood te ontkomen.

Reint besprak soms met Sep en mij de mogelijkheden om te ontsnappen. Ook 's nachts lag hij daar soms over te denken. Ik lag dan naast hem en hij probeerde dan onder de over hem liggende looper zijn handboeien stuk te wringen. Hij vroeg mij ook eens een pijpje van mijn schoenveter, waarmee hij dan 's nachts trachtte 't slot van zijn voetboeien open te krijgen. Beide pogingen leken mij van te voren hopeloos en bleken dat ook te zijn. Waar men van Reint nooit de handboeien losmaakte, kon hij nooit op de wc zijn kleeren goed instoppen, wat hem vooral 's nachts bij 't liggen op de vloer last en kou bezorgde. Daarom vroeg ik al spoedig of ik met hem mee mocht gaan en hem helpen.

Dit werd telkens toegestaan. Toen wij zoo een dag of acht samen waren geweest leek het alsof Reint, Sep en Wim ergens anders heen zouden worden overgebracht. Reint vroeg toen of hij aan zijn moeder en zijn verloofde mocht schrijven. Hij vroeg dat aan Luchtenberg. Deze gaf hem potlood en papier, doch zeide geen toestemming te hebben zijn handboeien los te maken. Reint schreef met geboeide handen twee brieven. Luchtenberg kwam later, las ze en zei dat tegen de inhoud geen bezwaar was. Hij nam de brieven mee, schreef de adressen op een apart papier en zeide voor verzending te zullen zorgen. Naar ik later hoorde zijn die brieven nooit verzonden. Luchtenberg kwam dikwijls, zat blijkbaar ook wel bij de verhooren en werd door Reint, Sep en Wim altijd om cigaretten aangeklampt, die hij ook altijd gaf. Toen wij hem de negende dag vroegen of we iets mochten lezen, gaf hij daarvoor toestemming en boeken. Voorzoover ik hem daar heb leeren kennen was hij iemand die wel medelijden kende. De anderen hadden deze zelfde opvatting en Reint zei een keer tegen hem: “Mocht u nog ooit eens, bij een omkeering van de rollen, op onze plaats komen te zitten dan hoop ik dat ze u de barmhartigheid zullen vergelden die u ons bewezen hebt.”

De tiende dag werd ik weggehaald en naar ’t Huis van Bewaring gebracht. Ik was toen nog nooit verhoord. Bij ’t haastige afscheid, dat ik van de drie anderen moest nemen, zei Reint: “Als u vrij komt, wil u dan aan mijn moeder en aan Ina zeggen, dat ik mij nooit verlaten heb gevoeld?” Van Reint heb ik ook bij dat afscheid de indruk gekregen, zooals telkens ook voordien: Hij heeft ’t alles volkomen overgegeven. Toen ik eens met hem sprak over ’t woord van Paulus: Want ik ben verzekerd, dat dood noch leven ... mij zal kunnen scheiden van de liefde Gods, welke is in Jezus Christus, onze Heere, toen zei hij ook met zoo’n rustige zekerheid en met een blij licht in zijn oogen: “Dat geldt ook voor mij.”

Bijlage 2
Brief Reint Dijkema, 11 juli 1944

Rijs is gepleegd door een zekere Bram, Lodewijk, mijn broer Piet en Jan v.d. Wal. Bram was door een zoon van ds. Hettinga, waarmee Piet kennis had gemaakt te Hasselt, bij ons in de kost gekomen. Waar hij vandaan kwam weet ik niet, we noemden hem alleen maar Bram. Lodewijk kwam uit Holland, hij was een kennis van Bram en deed daarom mee. Waar hij woonde weet ik niet, zijn achternaam ken ik niet. Ik heb hem slechts enkele malen gezien, hij was groot en blond. De gebruikte wapens waren van Bram en zijn vriend. Ikzelf heb niet meegedaan. De gebruikte auto was van mijn broer Piet, die monteur was in de N.O. polder. Het plan kwam van Bram, alle gegevens ook. De buit heeft Bram weggebracht, waarheen weet ik niet. Meer bijzonderheden zijn mij niet bekend.

Deze Bram bracht mij in contact met een Piet Ronner, met wie ik sindsdien in regelmatig schriftelijk contact stond, hoewel niet dikwijls. Later kwam ik te weten dat hij in de P.C. zat. De organisatie hiervan is mij volkomen onbekend. Ook vernam ik later zijn ware naam, n.l. Piet Gernaat. Hij woont op het Bernoulliplein, zijn ouders op het Boterdiep.

Bram had contact met de Raad van Verzet. Daarover kregen we ruzie, omdat ik niet wou meedoen aan sabotagedaden, daar mijn doel alleen was de onderduikers te helpen. Hij is toen bij ons weggegaan, waarheen, weet ik niet. Sindsdien heb ik niet meer met hem in contact gestaan.

In september (ongeveer) kwam Piet Gootjes een nacht bij ons logeren. In zijn studententijd deed hij dat ook wel. Van hem kreeg ik een 9 mm. F.N. Sindsdien heb ik in de trein uit de holster van een W.A. man een 6.35 Ortgies genomen en in Utrecht bij de uitgang van het station een 9 mm. F.N. uit de holster van een politieman.

Op de avond voor 1e Kerstdag pleegden Tom Steen, Jaap en Piet Gootjes en mijn broer Piet een overval op het D.K. [distributiekantoor] van Baflo. Ikzelf kon niet meedoen daar ik te laat kwam, zodoende weet ik geen bijzonderheden. Waar de buit gebleven is weet ik niet. We zouden samen komen op de “Zonnehoek” bij Bos te Middelstum. Toen ik daar kwam waren ze echter reeds vertrokken. Mijn broer en ik zijn daar die nacht gebleven. ’s Morgens zijn we samen naar Groningen vertrokken.

De politieman Elzinga uit Groningen bemoeide zich met de opsporing van onderduikers. Als ergens een razzia was geweest, was hij er altijd bij. Hij werd door mij beschouwd als de drijvende kracht bij deze razzia’s. Reeds heel lang was er sprake van geweest om hem onschadelijk te maken. Ikzelf durfde het echter eerst niet aan, daar ikzelf nog niet geheel overtuigd was van zijn gevaarlijkheid voor onderduikers en dezelver verzorgers. Langzamerhand raakte ik er echter geheel van overtuigd, zodat ik het voor mezelf durfde verantwoorden. De 29e december ’s morgens 9 uur schaduwde ik zijn huis. Ik zag iemand uit huis komen en in de richting van de binnenstad rijden. Ik zag slechts zijn rug. ’s Avonds was ik daar weer en zag iemand in politieuniform zijn huis binnengaan. Daar ik niet zeker wist of hij het was ging ik niet tot actie over. De volgende morgen (30/12) reed ik achter hem aan tot het Scholtenshuis, welks deur hij met een sleutel opende. 's Middags 1 uur kwam hij er uit. Nu was ik van plan hem neer te schieten, maar ik kon niet. De volgende morgen wachtte ik hem met mijn broer Piet op, hoek Paterswoldse- en Peizerweg. Hij kwam weer langs en ik schoot hem van achteren neer. Hij viel, ik reed om hem heen en verdween rechts over de brug, daarna over het rolbruggetje in de stad. Daar deed ik enkele boodschappen (boordeknoopjes enz.) en ging naar huis, waar ik mijn broer vond die me vertelde dat hij dood was. Ik ging diezelfde dag naar mijn meisje in Siddeburen, ze heet Ina Knottnerus en is een boerendochter. Zij weet van al deze dingen niets af, ze denkt dat ik een gewone onderduiker ben. Ook mijn moeder weet nergens van. De daad is gepleegd met de 9 mm. van Piet Gootjes.

Geval Zuidbroek. Bij Veldhuis te Slochteren, die ik kende uit de tijd dat hij in Siddeburen knecht was, leerde ik Zwarte Henk kennen (de S.D. vertelde mij dat hij Henk Haan heette). Deze Zwarte Henk had connecties in Zuidbroek, welke weet ik niet. Die connectie vertelde hem dat een leegstaand huis in Zuidbroek distributiekantoor zou worden. Op een avond ben ik daar door de achterdeur die open was, binnen gegaan. Men was reeds druk bezig alles in orde te maken, in alle deuren zaten sleutels, ook in de achterdeur. Van al deze sleutels heb ik tekeningen gemaakt en thuis en in de ijzerwinkels bijpassende sleutels gezocht. In de kelder lag een grote ijzeren deur, kennelijk de toekomstige kluisdeur. Het lag in onze bedoeling die deur later met een snijbrander te openen. Ik ontdekte echter dat het slot zeer gemakkelijk met een grote spijker te openen was. Enkele malen heb ik het leegstaande huis nog geïnspecteerd en de sleutels geprobeerd en van de spijkers die de grendels bevestigden alleen de koppen met een stukje ijzer er nog aan er weer in gestopt, zodat ze gemakkelijk geforceerd konden worden. Op een vrijdagavond reisde ik van Zuidbroek naar Groningen en vernam toevallig van 2 naar Groningen reizende distributieambtenaren, die met elkaar spraken over het kantoor Zuidbroek, dat zaterdag de bonnen overgebracht zouden worden en dat de nieuwe leider maandag zou komen en de telefoon ook. Het leek me een unieke gelegenheid en in Sappemeer-Oost stapte ik uit, reed naar Zwarte Henk en vertelde hem dat het zaterdagavond zou gebeuren. Samen gingen we naar Groningen en vertrokken de volgende avond per auto. Mijn broer Piet en Jan v.d. Wal gingen mee. Nadat de kluis geopend was door Zwarte Henk pakten hij en Piet de boel in zakken, terwijl ik de bewaking in bedwang hield en chloroformeerde. Zwarte Henk kwam nog even kijken, aan wie ik vroeg of de andere bewaker ook NSB-er was. Toen reden we weg. In Sappemeer-Oost stapte Zwarte Henk uit, terwijl wij terug reden naar Groningen. De auto werd met de buit gestald in een box aan de Friese Straatweg, van wie hij was weet ik niet. Later kwam een vertegenwoordiger van Piet Gernaat en heeft het weggehaald op aanwijzing van het nummer der boxen met de sleutel. Nummer weet ik niet meer. Bij de box zelf ben ik niet geweest. Ik geloof dat hij van Garage Drent was.

Ho[o]gezand. Zwarte Henk kwam bij me met inlichtingen over D.K. Ho[o]gezand. Het leek goed uitvoerbaar. De bewuste avond reden Piet, Jan en ik met de auto uit Groningen en wachtten op een stuk land tot het een uur of 1 was. Daarna gingen we naar Ho[o]gezand waar we bij het kerkhof Zwarte Henk, Lange Henk en 2 onbekenden vonden die mee zouden gaan als bewaking. Begunstigd door het overtrekken van vliegtuigen namen we de achterruit van het gemeentehuis er uit en knipten de gordijnen en het gaas door. Piet en ik gingen naar de politieman voor, terwijl de 2 Henken naar boven gingen. Ik gooide de deur open en riep: Handen hoog. De politieman greep naar zijn pistool waarop we samen 4 waarschuwingsschoten losten (ik 3) waarvan 1 hem waarschijnlijk links in de buik trof. Daarna vluchtten wij naar de beide Henken. De politieman ging ons achterna en schoot, waarop 1 der Henken terugschoot en met succes. 't Pistool heeft hij geloof ik meegenomen. Zij gingen weg en wij ook naar Groningen. Van de relaties van Henk in Ho[o]gezand weet ik niets.

Westerbork. Samenkomst Boterdiep, naast Gernaat, met Wim, Piet Gernaat en 2 onbekenden, op aandrang van 1 der onbekenden die een plan had om de marechaussee daar van hun karabijnen te beroven. Enkele dagen daarna bespreking in Oranje Nassau met Jan, Piet en ik en zekere Sepp, Wim, Piet Surrogaat, Piet Gernaat en de 2 onbekende, van welke degene met het plan Bertus kon heten. Ik weet het echter niet. De meesten waren erg teleurgesteld dat Jan, Piet en ik er zo weinig indrukwekkend uitzagen. Veel voor het plan voelde ik niet en dit gevoegd bij de teleurstelling, maakte dat het plan niet doorging. Daarna was er nog een vergadering in een school in de H.W. Mesdagstraat van dezelfde personen waar de mogelijkheid van samenwerking besproken werd. Al deze samenkomsten werden geloof ik door Gernaat belegd.

Wehe. Aan deze overval deed ik niet mee. Van de uitvoering weet ik niets. Ik weet dat Sepp, broer Piet, Jan en Wim meededen. De anderen ken ik niet. Waar de buit gebleven is, weet ik niet.

Geval Keijer. We hebben, Wim en ik, wel over gesproken dat hij erg gevaarlijk was. De middag van de dag dat hij neergeschoten werd, hebben Rooie Henk en ik achter hem aangezeten, we zagen hem echter niet. Later werden we door zuster Jo gehaald op Martini kerkhof. Daar werd op een mij onbekende manier bekend dat hij naar Bedum was vertrokken. Ik ging weg maar kwam later tegen de avond weer. We hebben lang gesproken over de kansen, tot ± ½ 10-10 uur. Daarna ben ik vertrokken. 's Zondagsmiddags uit de kerk hoorde ik dat hij dood was. Die [dag] was Wim jarig en ik heb hem 's middags bezocht, maar hij sprak nergens over zodat ik me ook maar stil hield.

Van het ophalen van de zogenaamde mitrailleur van Bruning weet ik alleen dat Zwarte Henk, Jan en Piet hebben meegedaan. Of Klaas Woltjer heeft meegedaan weet ik niet. Later hoorde ik dat het een parabellum was, ik heb hem echter nooit gezien.

Het plan van de Tuinbouwstraat ging uit van een zekere Jo, waar hij vandaan kwam weet ik niet. Ik heb hem bij Wim getroffen. Mijn taak was het binnengaan van de woning van de onderdirecteur en het onschadelijk maken van de telefoon. Voor zover ik weet deden Piet, die chauffeerde, Sepp, die met de auto meeging, Wim, Rooie Henk, Piet Surrogaat en een ons onbekende mee. Ik had 2 pistolen bij me. Nadat alles was ingeladen en de auto vertrokken was, gingen wij ieder op eigen gelegenheid weg.

We hadden een motor van een ondergedoken Jood, de motor stond in Garage Doornbos-Helpman. Hij staat nu geloof ik bij Vos, Boterdiep. Chloroform had ik nog van vroeger uit de apotheek van mijn vader. Franciscus Everaert zorgde voor nummerborden, hij wist niets. Mijn broer Klaas Simon verrichtte hand- en spandiensten. Is echter nooit daadwerkelijk opgetreden. Waar ze zijn weet ik werkelijk niet. Mij zijn foto's getoond van Zwarte Henk (alias Henk Haan), Kleefsman (Sappemeer) en van Dolf Heeres. Ook zochten ze naar Kees Gootjes. Ze weten dat Albartus eindexamen HBS moet doen. De flessen natrium en phosfor zijn uit de apotheek van mijn vader, gummi[e]handschoenen had ik allang. Dat geweerslot ken ik niet, ze zeiden dat ze het op het dak van Boterdiep 57a gevonden hadden. Ook werd mij nog gevraagd of we kennissen of familie in de Witte de Withstraat hadden waarop ik ontkennend antwoordde. Mij werd een briefje voorgelegd waarop iets stond van Stadskanaal, Bertus en Assen. Ik antwoordde dat dat hoogstwaarschijnlijk een afspraak tussen mijn broer en Bertus was, die echter niet doorgegaan is, daar mijn broer niet wist wat het te betekenen had.

Vergeef me, dat ik alles heb verteld. Ik wilde wel anders, maar ik heb het niet gekund. Alle namen die ik gezegd heb, waren al bekend. Ik ben bereid. Tot weerziens! Moeder, Ina, Piet, Klaas, Albartus, Simon A., Jantje en Martje.

Breng of stuur dit naar Ina Knottnerus, Siddeburen (Groningen). Het is het laatste bericht van een ter door veroordeelde.

Reint

In de kantlijn:

Van mishandeling is geen sprake meer. Het eten is goed en genoeg, ik val niet af, verveel me niet. De *Grüne* heeft me beter behandeld dan ik ooit gedacht had, hoewel in 't eerst niet bijzonder.

Ineke, hoe moeilijk ook, als ik gestorven ben, moet jij voortleven. God zal alles goedmaken. Ineke, mijn innigste kussen. Dag liefste. Vaarwel, tot weerziens!!
Mijn liefste Ineke, wees dapper en zoek bij Jezus troost en sterkte. Ik bid dagelijks voor jou en moeder, hij troost en sterkt ons. Ook wanneer wij niet samen ons leven mogen voortzetten, toch zal God het beste met ons bedoelen. Ik heb zoveel aan jou gehad, mijn meiske. Ik dank God, dat hij ons toch nog zo lange tijd bij elkaar heeft gelaten, al hebben wij dan niet, de menselijker wijs gesproken, mooiste tijd samen doorleefd, toch dank ik God en jou voor al het goede en mooie. Het is vandaag 11 juli. Nog gefeliciteerd met je verjaardag. Het was de 1e dag die ik in de cel in Vugt doorbracht. Ik ben geestelijk en lichamelijk goed. Mijn wonden zijn genezen en ik doe veel gijmnastiek.

Bijlage 3
't Ventje en de Landwacht, *De Zwerver*

Oorlogsjaar 1944

Een stralende, blijde zomerdag. De zon stond hoog aan de hemel; overal zongen en juichten de vogels hun schoonste lied. In de tuinen van het kleine provinciestadje bloeiden de bloemen in hun eenvoudige pracht. Het was een dag om te zingen. Een dag om blij te zijn.
En toch heerste er die morgen een ongewone, drukkende stilte in de smalle straten. Hier en daar wandelde een oudere heer, speelde een groepje kinderen en haastte een drukdoende huismoeder zich schichtig met haar boodschappentas langs de gevreesde mannen in het zwart. Kinderen wezen elkaar met gewichtige gezichtjes op de groepjes controlerende landwachters, die, tuk op buit, iederen manlijken voorbijganger aanspraken in de hoop eindelijk eens een goede slag te slaan. Maar hun succes was niet erg groot die morgen. Met norse gezichten gingen ze naast elkaar. De spuit op de rug; loerende ogen onder de zwarte pet. Drie dagen waren ze hier nu al. Een grote groep landwachters, gestuurd door de Duitsers om opruiming te houden in dit kleine nest. Herhaaldelijk waren er in de buurt ongerechtigheden voorgekomen de laatste tijd.

Er moesten onder de onschuldig lijkende burgers van het stille straatje gevaarlijke "terroristen" huizen. Maar hoe ze te vinden? Tot nu toe was hun zorgvuldige controle op niets uitgelopen. En de, in hun hart, o zo bange landwachters, waren allang uitgekeken op de enkele wandelaars. Een grondige razzia dat zou het beste zijn. Maar een visioen van rokende revolvers en barstende handgranaten en dappere ondergrondse strijders die er niets in zagen een paar van de zo gehate "zwarten" koud te maken, weerhield hun aarzelende commandant om op zo grote schaal de strijd aan te binden. Dus liepen ze maar, in groepjes van twee of drie, de smalle straten op en neer. Een doelloos gedrentel zonder animo op het laatst.

Henk, kleine donkere jongen, een alpinopetje op zijn gebleekte en weer verkleurde haren, keek behoedzaam om de hoek van de huisdeur; en stapte de straat op. Hij had nu twee dagen binnen gezeten en kon onmogelijk langer wachten. Vandaag moesten de drie persoonsbewijzen, keurig vervalst en helemaal klaar, voorzien worden van een zegeltje. Ze waren bestemd voor zijn broers en één voor hemzelf. Alle drie zwaar gezocht door de SD, konden ze onmogelijk langer met de vluchtig klaargemaakte nood-PB's [persoonsbewijzen] blijven lopen. Deze nieuwe waren prima in orde. Ingeschreven, een ongevaarlijke leeftijd en met behoorlijk te controleeren gegevens. Maar het laatste zegeltje moest er nog op en dat kon vandaag voor het laatst.

Toevallig ontmoette hij een vluchtige kennis, jongen die met verlof uit Duitsland zijn papieren in orde had en dus van de zwarten niets te vrezen had. Samen liepen ze verder, pratend over het mooie weer en die vervloekte landwachters, die je hele vacantie bedierven. Ongemerkt hield Henk een wakend oogje in het zeil. Juist op tijd loodste hij zijn makker mee een zijstraat in, toen in de verte twee landwachters naderden. Maar daar kwamen ze van de regen in de drup. Want nauwelijks om de hoek, stapte pal naast hun een indrukwekkende verschijning van zijn fiets. Hij plaatste zich vóór de jongens en vroeg om hun persoonsbewijzen. De commandant nog wel, in eigen persoon. Met een triomphantelijk lachje nam hij van den grootste en waarschijnlijk den oudste, de gevraagde papieren in ontvangst. Achter de jongens aanfietsend had hij hen bij het naderen van zijn mannetjes van richting zien veranderen, hij was er zeker van een goeie slag te slaan. Een paar onbeduidende onderduikertjes misschien, maar dat was toch iets. Dergelijke vangsten waren nooit verkeerd voor zijn portemonnaie. Na een blik op persoonsbewijs en *Ausweis* van het slachtoffer bleek hem echter al gauw dat alles in orde was. Spijtig gaf hij den jongen zijn eigendommen terug. Nu de tweede. Dat zou ook wel in orde zijn, het leek zo'n jong ventje. Zonder veel belangstelling nam hij Henks PB in ontvangst, terwijl deze, met zijn portefeuille nog in de hand, onverschillig voor zich uitkeek. Hij dacht met schrik aan zijn dwaze kuif die zo langzamerhand drie kleuren had aangenomen. Het blekingsproces was nu niet bepaald denderend uitgevallen. Het stugge zwarte haar was op sommige plaatsen spierwit, maar het grootste gedeelte was roodachtig geworden, terwijl bij de wortels hardnekkig de zwarte kleur om de eindoverwinning streed.

"Woon je in Groningen?" vroeg plotseling de man tegenover hem. "Wat voer je hier dan uit?" "Vacantie", was het korte antwoord. De man keek naar het beroep. "Studerend" stond er. Dat kon kloppen met zijn leeftijd. Zeker een HBS-er. Op het punt den jongen zijn P.B. weer terug te geven, viel zijn oog op de portefeuille waar deze nog steeds mee in zijn hand stond. En daar stak tergend duidelijk een vrolijk groen randje van een rokerskaart uit (eerlijk zelf gekraakt). Ook Henk zelf bemerkt op dat ogenblik zijn grote fout. Maar het was al te laat. Met een vlugge beweging had de man zich van de portefeuille meester gemaakt, en graaide al begerig naar de inhoud. Henk, plotseling bewust van zijn stommiteit om die drie persoonsbewijzen juist daarin op te bergen, voelde dat nu het ogenblik gekomen was om in te grijpen. Rustig verhuisde zijn rechterhand naar de broekzak, even een korte klik van de veiligheidspal en op de hatelijke vraag: "Zeg ventje, hebben jongens van zeventien jaar ook al een rokerskaart? Je weet zeker niet hoe je daar aan komt, hè?" klonk doodkalm het laconieke antwoord: "Ik weet wel, dat u drommels gauw uw handen in de hoogte moet steken!" De man keek op, niet goed begrijpend wat er gebeurde. Maar toen zijn ogen die van zijn tegenstander ontmoetten, hard en koud als staal, toen zijn blik gleed over de kleine fiere gestalte, die met vaste hand de pistool op zijn borst richtte, was het plotseling gedaan met zijn bravoure. Langzaam gingen zijn armen naar boven. De kleur verdween van zijn wangen, zijn knieën knikten en op klagende toon begon de "dappere held" te jammeren. "Niet schieten, alsjeblieft. Niet schieten. Denk toch aan mijn vrouw en kinderen. Ik zal je rustig laten lopen. Pak mijn fiets maar. O, schiet toch alstublieft niet!" Henk aarzelde even. Het was een klein kunstje den man neer te leggen. Maar zou deze laffe slappeling wel zo'n groot gevaar voor de samenleving betekenen dat hij er misschien een tiental gijzelaars aan mocht wagen? Nee, hij deed het niet. Zijn schaarse munitie was hem te kostbaar. Met een hoofdknik in de richting van den landwachter vroeg hij den jongen, die nog steeds bij hem stond, even 's mans zakken na te kijken en hem zijn portefeuille aan te geven, die de man van schrik had laten vallen. De jongen, niet gewend aan dergelijke karweitjes, voldeed een beetje schuchter aan het verzoek. Maar in geen van de uniformzakken bevond zich een wapen. "Neem jij de fiets maar", klonk het zakelijk uit Henks mond, "dan spring ik bij je achterop en kan dezen snuiter nog een beetje in de gaten houden." En tot den nog steeds bevenden commandant: "En jij blijft hier doodstil staan. Bij de minste beweging schiet ik. Je armen kan je nu wel laten zakken!" Met een zwaai zat hij al achter zijn onvrijwilligen medestrijder, die, blij dat alles zo goed af scheen te lopen, er een flinke gang in zette.

Bij de hoek van de straat gekomen liet Henk zijn wapen weer in zijn broekzak glijden. “Rechtsaf maar”, zei hij kort. “Dan zijn we zo uit de stad. Ik weet wel ergens een boerderij waar we terecht kunnen.” Ze waren echter nog maar nauwelijks de hoek om, of achter hen klonk schril een politiefluitje. De verslagen commandant had zich een beetje hersteld en voelde zich verplicht zijn figuur te redden en blies uit alle macht. En ja hoor, daar kwamen al twee van zijn mannetjes aanstormen, recht op de twee vluchtelingen af. “Doorfietsen!” snauwde Henk toen zijn makker wilde remmen. Maar het was al niet meer mogelijk. Eén van de zwarten hield met vaste hand het stuur omkneld. Achter hun rug kwam puffend en blazend de commandant aanrennen. Druk gebarend probeerde hij zijn mannen duidelijk te maken met wat voor gevaarlijke elementen zij te doen hadden. Henk had, voordat zij zich van hun omslachtige jachtgeweren konden bedienen, zijn pistool al weer in de hand. Vóór zijn vinger de haan gespannen had waren ze al een paar huizen verder, de helden. Als hazen liepen ze. Henk schoot een paar maal in hun richting, maar ze waren al te ver weg. Ziezo, nu zouden ze de moed wel opgeven. Hij wilde weer achterop de fiets springen, maar merkte toen, dat zijn metgezel gepiept was, en nog wel met de fiets. Dan maar op zijn eigen onderdanen verder. Hard lopen had hij altijd goed gekund.

Toen hij zo vlug zijn benen hem dragen konden een zijstraat inschoot, keerde de moed bij zijn tegenstanders terug. Samen zetten ze hem achterna, de spuit nu heldhaftig onder de arm. Zo nu en dan stonden ze even stil en losten een schot hagel. Maar geen gesneuvelde KP-er werd hun deel. Wel voelde Henk op een gegeven ogenblik een eigenaardig stekend gevoel in zijn achterhoofd, maar dat was spoedig vergeten. Hij had het veel te druk om aan zulke kleinigheden te denken. Op zijn vlugge benen had hij al gauw een flinke voorsprong en was al over een sloot gesprongen, over een hek geklommen en weer over een sloot gewipt, toen zijn achtervolgers nog maar net aan de rand van de weilanden verschenen. Even waagde Henk het om te kijken. Maar toen zette hij meteen de pas er weer in. De heren schenen nog niet van plan de moed op te geven. Weer stond hij voor een hek, hoger nog dan het vorige en versierd met een keurig randje prikkeldraad. Hij klom er over en stond op een tamelijk brede landweg. Boven zijn hoofd wapperde vrolijk een vierkant lapje van zijn broek, aan het prikkeldraad. Zijn vervolgers renden nog steeds al puffend en blazend in zijn richting. Het zou hem benieuwen hoe lang ze dat volhielden.

Hij had nog wel fut genoeg voor een paar kilometertjes. Als hij de weg nu maar precies wist. Hij zou de landweg maar aanhouden, dat liep gemakkelijk in ieder geval. Weer vloog hij vooruit, harder nog dan eerst. Toen kwam daar, heel kalm en genietend van het mooie weer, een juffrouw aangefietst. Ze keek heel verstoord toen een hijgende, vuurrode jongen, maar zo haar fiets beetpakte en gebiedend snauwde “gauw die fiets! Ze zitten me achterna!” En toen ze het stuur niet dadelijk losliet, kwam er zelfs nog een gevaarlijke pistool bij te pas, zo maar brutaal op haar infatsoenlijke persoontje gericht. Een ruk, een sprong, en de burgerjuffrouw had geen fiets meer. Maar Henk was er mooi mee gered. Zijn vreugde duurde helaas niet lang. De weg liep dood op een tamelijk breed kanaal. Geen brug, aan de ene kant weer een weiland met sloten en trekken aan de andere twee zijden water! Terwijl Henk van zijn fiets stapte en de mogelijkheden overwoog, werden in de verte al weer twee zwarte gedaanten zichtbaar. Dan maar in het water, dacht Henk spijtig. Hij had niets geen zin in een nat pak. Hij liep naar de waterkant en daar zaten ... heel genoegelijk twee mannen in een roeiboot. Ze staarden met ernstige gezichten naar hun dobber of er niets belangrijkers op de wereld was. Resoluut stapte Henk in de boot. “Roeien als de wind! De landwacht zit me op de hielen!” Een van de mannen begon woedend uit te vallen. “Dank je vriendelijk. Ze zijn in staat ons ook nog af te maken!” Henk zuchtte en voor de vierde maal die middag kwam zijn zwarte vriend te voorschijn. En of ze roeien konden!

Bij het water gekomen zagen de landwachters nog juist een kleine lenige jongensfiguur over een hek springen en verdwijnen achter de bosjes kreupelhout aan de overkant. Zuchtend en zwetend zegen ze neer in het gras en moesten zichzelf voor de zoveelste keer bekennen dat het al weer “mis” was geweest. Toen Henk een half uurtje later bij een vriendelijke boerin de keuken kwam binnenvallen, was er van het hele voorval niets meer aan hem te merken, dan een flinke winkelhaak in zijn enige broek en een paar bloederige bobbeltjes op zijn achterhoofd, waar hij verbaasd aan krabde. Het waren hagelkorrels. Toen de dokter ze een paar weken later verwijderde en Henk met een pijnlijk gezicht de operatie onderging viel de patiënt verontwaardigd uit: “Of die landwachters me nog meer van die rommel in mijn hoofd moeten werken, moeten zij weten. Maar dan laat ik ze er rustig in zitten. Is me dat een gebeul!”

Hanny

Noten

Voorwoord

1 Bos, *De gemeente Slochteren*.

Doktersgezin Dijkema

1 Voor dit hoofdstuk is voornamelijk gebruik gemaakt van een uitgebreid pakket verzamelde familieherinneringen (FD, Familieherinneringen 2003), alsmede van de door Henk Molenhuis opgeschreven herinneringen t.g.v. de 80ste verjaardag van Albartus Dijkema, 2003.
2 Jager, 'Reint Dijkema', deel 1, 2.
3 FD, Herinneringen Teunis Reint Albartus Simonides, 2013; Brief van H. Simonides aan A. Algra, 4-1-1964.
4 FD, Brief van Stichting 1940-1945 provincie Groningen aan het hoofdbestuur van Stichting 1940-1945, bijlage 5, 10-7-1950.
5 FD, Brief van Stichting 1940-1945 provincie Groningen aan het hoofdbestuur van Stichting 1940-1945, 22-2-1949 en 24-6-1950.
6 OVCG, inv.nr. 2183, Harry Niemeijer, brief van Harry Niemeijer aan Bob Houwen, 30-4-1982.
7 FD, Verzetsrapport Hanny Dijkema-Jansen met diverse bijlagen, 1971.
8 FD, Verslag Klaas Simon Dijkema, 6-12-1946.
9 'Reint Albartus Dijkema'.
10 'Begrafenis K. Dijkema'.

Groeiend verzetswerk

1 FD, Brief van Wiert aan Reint Dijkema, begin mei 1942 (collectie Reint Dijkema). Karel Gerritsma behoorde vermoedelijk tot de groep OD'ers die op 3 mei 1942 in Scheveningen waren gefusilleerd (Brinks, *Het Scholtenhuis deel 1*, 75).
2 FD, Verslag Piet Dijkema; Familieherinneringen 2003. Piet was bij zijn vriendin Hanny in Velp, anders had hij vermoedelijk ook aan het protest meegedaan (Jeugdherinneringen Hanny Dijkema-Jansen).
3 Von Frijtag Drabbe Künzel, *Kamp Amersfoort*, 61, 90-92, 116 e.v.; Familieherinneringen 2003.
4 FD, Familieherinneringen 2003.
5 *Hoe Groningen streed*, 174-177.
6 FD, Verzetsrapport Hanny Dijkema-Jansen met diverse bijlagen, 1971; Herinneringen mw. L.M. Jansen-Wilhelm, 2013.
7 Niemeijer, *Groningen 1940-1945*, 57-60.
8 FD, Familieherinneringen 2003.
9 FD, Aanvraag buitengewoon pensioen Stichting 1940-1945 voor Albartus Dijkema, 21-9-1978; *Hoe Groningen streed*, 101.
10 Winkel, *De ondergrondse pers*, 99 en 243; *Hoe Groningen streed*, 211-214.
11 'In memoriam', *De Zwerver*, 13-4-1945.
12 Jager, 'Reint Dijkema' deel 2, 17-18. De complete verzameling is geschonken aan de Groninger Archieven.
13 *Hoe Groningen streed*, 39-47; *Een onverzettelijke Groningse vrouw*, 37.
14 *Moederliefde een vaderhart*, 29-30, herinnering van Remko Huizinga, die als groenteman in Siddeburen en omgeving dergelijke foto's verkocht.
15 Jager, 'Reint Dijkema' deel 2, 19-20.

Knokploeg Remco

1 OVCG, inv.nr. 2183, Reint Dijkema, 5-6-1943; *Het grote gebod*, 421-422; Niemeijer en Mulder, *Verzet in Groningen*, 31; *Een onverzettelijke Groningse vrouw*, 37-38.

2 Hovingh, *Johannes Post*, 306; FD, Verslag Piet Dijkema.

3 Brinks, Kooistra en Piersma, *Represailles in Groningen*, met dank aan Monique Brinks voor de voorinzage.

4 Brand de Boer en Jonkman, *Militair gezag*, 76-79 over de organisatiegraad van de KP's in Groningen; *Het grote gebod*, 424-426; *Hoe Groningen streed*, 247.

5 FD, Verslag Piet Dijkema; OVCG, 'KP-daden in de provincie Groningen', juni 1943 vermeld; To Hofstra schrijft in haar oorlogsdagboek over deze overval, www.oorlogsschriften.nl, boek 4.

6 FD, Verslag Piet Dijkema. Het is een misverstand dat Reint Dijkema op 27 oktober 1943 François Pierre Vergonet heeft geliquideerd (Kooistra en Oosthoek, *Recht op wraak*, 206-207). Volgens de informatie bij het OVCG waren Jacob Heuvingh en Jan Steenhuizen hier verantwoordelijk voor.

7 OVCG, inv.nr. 2183, Johannes Dijkhuis en Anton Meijer.

8 FD, Ingevulde vragenlijst door Klaas Simon Dijkema, 6-12-1946; CV Klaas Simon Dijkema.

9 FD, Verslag Piet Dijkema.

10 FD, Verslag Piet Dijkema.

11 FD, Ingevulde vragenlijst door Klaas Simon Dijkema, 6-12-1946.

12 FD, Verslag Piet Dijkema. In een tweede meer uitgebreide versie van het verslag staat zelfs dat het een cheque van 1000 gulden betrof, waarschijnlijk een typefout (NIOD archief 251a, inv.nr. 4, Verslag Piet Dijkema); OVCG, 'KP-daden in de provincie Groningen'.

13 Jager, 'Reint Dijkema' deel 4.

14 OVCG, 'Verslag verzetsactiviteiten Zuidbroek'; 'KP-daden in de provincie Groningen'; FD, Familieherinneringen 2003.

15 NIOD, 251a, inv.nr. 1, 'De Melkbussenfabriek Van Wijk en Boerma', met notitie van Piet Dijkema, 13-12-1946; http://nl.wikipedia.org/wiki/Ludolf_Jan_Zandt.

16 FD, Herinneringen Henk Molenhuis, 2003; Niemeijer en Mulder, *Verzet in Groningen*, 93-95.

17 OVCG, 'KP-daden in de provincie Groningen'; FD, CV Klaas Simon Dijkema; NIOD, 251a, inv.nr. 4, 'Concept provinciaal overzicht Groningen' door Piet van den Berg, daar overigens toegeschreven aan Anton Meijer en Reint Dijkema; Idem, 853, inv.nr. 9, Anton Meijer en Gerrit van der Leij.

18 FD, Verslag Piet Dijkema; Rapport van de plaatselijke commandant van Zuidbroek.

19 OVCG, inv.nr. 2183, o.a. Jan Popke Lenstra; FD, Verslag Klaas Simon Dijkema, 6-12-1946.

20 FD, Herinneringen Henk Molenhuis.

21 FD, Familieherinneringen 2003; CV Simon Albert Dijkema.

Liquidatie

1 Brinks, Kooistra en Piersma, *Represailles in Groningen*. Vaak wordt 'Elzinga' geschreven, maar uit de overlijdensakte blijkt dat het Elsinga moet zijn (Brinks, *Het Scholtenhuis* deel 1, 60).

2 FD, Verslag Piet Dijkema; *Een onverzettelijke Groningse vrouw*, 48.

3 FD, Verslag Piet Dijkema.

4 FD, Verslag Piet Dijkema; 'Bijna heel Bedum', 7-11-1980.

5 FD, Verslag Piet Dijkema.

6 Brinks, *Het Scholtenhuis* deel 1, 59-62; Idem, *Het Scholtenhuis* deel 2, 87-88; 'Groningen vierde'; Schaap, *Sluipmoordenaars*, 105-110.

7 Brinks, *Het Scholtenhuis* deel 1, 59-62; 'Groningen vierde'.

8 'Groningen vierde'.

9 'Laffe sluipmoord in Groningen'; 'Groningen vierde'.

10 FD, Herinneringen mw. L.M. Jansen-Wilhelm; Jager, 'Reint Dijkema' deel 3.

11 Freriks, *Jantje*; nog eens verduidelijkt na correspondentie tussen Philip Freriks en Elske C. van der Vlis-Dijkema, januari 2006.

12 FD, Verslag Piet Dijkema.

Slachtoffers

1 FD, Verslag Piet Dijkema; Rapport van de plaatselijke commandant van Zuidbroek.

2 FD, Verslag Piet Dijkema; OVCG, 'KP-daden in de provincie Groningen'; NIOD, 251a, inv.nr. 1, 'KP – Avontuur – Kraak Distributiekantoor Wildervank' door Piet Cnossen.

3 Brinks, *Het Scholtenhuis* deel 1, 63-64.

4 FD, Verslag Piet Dijkema; OVCG, 'KP-daden in de provincie Groningen'; Kooistra en Oosthoek, *Recht op wraak*, 79-80.

5 FD, Verslag Piet Dijkema; Brinks, *Het Scholtenhuis* deel 1, 64-69.

6 FD, Verslag Piet Dijkema; OVCG, 'KP-daden in de provincie Groningen'; Niemeijer en Mulder, *Verzet in Groningen*, 97. NB Het verslag van Wim te Lindert (NIOD, 251a, inv.nr. 1) is bijna identiek, behalve dat Te Lindert als deelnemer ook noemt Lo Bosch, en niet rept over M. Heinrich en Gepko Hahn.

7 FD, Verslag Piet Dijkema; 'In memoriam', *De Zwerver*, 15-10-1948; Hovingh, *Johannes Post*, 283 en 287-288.

8 Brief Reint Dijkema, bijlage 2.

9 FD, Verslag Piet Dijkema; Hovingh, *Johannes Post*, 288; 'Een kwart eeuw geleden'; Boiten e.a., *Groningen in oorlogstijd*, 95.

10 FD, Verslag Piet Dijkema; Hovingh, *Johannes Post*, 288; 'Een kwart eeuw geleden'; Boiten e.a., *Groningen in oorlogstijd*, 95; NIOD, 251a, inv.nr. 4, Werkzaamheden Piet van Slochteren.

11 FD, Verslag Piet Dijkema; Goede, 'De bonnenkraak', diverse afleveringen; Hovingh, *Johannes Post*, 287, 310-312 en 316-317.

12 Voor de overval op Hoitsema wordt hier het verslag van Piet Dijkema gevolgd, zoals ook het feuilleton van Ad Goede, 'De bonnenkraak', doet; verder o.a. Hovingh, *Johannes Post*, 317-321.

13 Hovingh, *Johannes Post*, 358.

14 NIOD, 853, inv.nr. 9, Klaas Simon Dijkema.

15 FD, Verslag Piet Dijkema.

Arrestatie

1 OVCG, inv.nr. 2183, op veel systeemkaarten arrestatiedata vermeld in de maanden juni-juli 1944.

2 FD, Verslag Piet Dijkema. Piet Dijkema kon voor zijn uitgebreide verslag putten uit informatie die hij van medegevangene ds. Schuurmans kreeg, zie bijlage 1. Wellicht heeft hij (via zijn POD-contacten) ook een en ander gehoord over de verklaringen van Jaap van der Sluis, die direct na afloop van de oorlog werd gearresteerd.

3 Brinks, *Het Scholtenhuis* deel 1, 107 e.v. over de gebruikte verhoormethoden; Idem, deel 2, 103 e.v. over R.F. Lehnhoff.

4 FD, Verslag Piet Dijkema; OVCG, inv.nr. 2183, Reint Dijkema.

5 NIOD, 123, inv.nr. 2124 en 2126; *Nieuwsblad van het Noorden*, 7-6-1944; *Volk en Vaderland*, 9-6-1944.

6 FD, Verslag Piet Dijkema.

7 Brinks, *Het Scholtenhuis* deel 2, 254; NIOD, 251, inv.nr. 1, Verslag Wim te Lindert; Goede, 'De Bonnenkraak' deel 7; Hovingh, *Johannes Post*, 338.

8 NA, CABR, Cornelis Johannes Minck, inv.nr. 75071 II, 6-6-1944, 7-6-1944, 9-6-1944 en 14-6-1944 (met dank aan Monique Brinks); Brinks, Kooistra en Piersma, *Represailles in Groningen*. Opvallend is dat Piet Dijkema in zijn verslag vermeldde dat Reint ook de liquidatie van Keijer bekend zou hebben om Wim te Lindert te sparen (FD, Verslag Piet Dijkema).

9 *Een onverzettelijke Groningse vrouw*, 75-76; Brief Reint Dijkema, bijlage 2.

10 Luchtenberg zou eventuele barmhartigheid niet meer meemaken; hij overleed bij de bevrijding (De Both, *Het Groninger politiekorps*, 78).

11 NIOD, 251a, inv.nr. 1, verslag Wim te Lindert; OVCG, inv.nr. 2183, Gepko Hahn.

12 Jager, 'Reint Dijkema' deel 7, 6-7; www.nmkampvught.nl.

13 Niemeijer, *Donkere stad*, 43.

Een opgejaagd gezin

1 FD, Familieherinneringen 2003.
2 Jager, 'Reint Dijkema' deel 5, noot 1.
3 FD, Verslag Piet Dijkema; Familieherinneringen 2003; OVCG, inv.nr. 2183, A. Buning-Boerma.
4 FD, Verslag Piet Dijkema; CV Klaas Simon Dijkema.
5 NA, CABR, Cornelis Johannes Minck, inv.nr. 75061 II, 7-6-1944 (met dank aan Monique Brinks).
6 FD, Herinneringen Henk Molenhuis.
7 FD, Aanvraag buitengewoon pensioen Albartus Dijkema, 21-9-1978; Familieherinneringen 2003.
8 'In memoriam', *VERA*; NIOD, 251a, inv.nr. 4, 'Concept provinciaal overzicht KP Groningen' door Piet van den Berg.
9 De Vries, *De levensroman van Johannes Post*, 305; FD, Verslag Piet Dijkema.
10 OVCG, 'Verslag KP-werkzaamheden na juni 1944', H. Niemeijer; FD, Verzetsrapport Hanny Dijkema-Jansen met diverse bijlagen, 1971; Jeugdherinneringen Hanny Dijkema-Jansen.
11 Mazier, *Het onderduikerskamp*, 56-57.
12 Schwegman, *Het stille verzet*, 39-41; FD, Hanny Dijkema-Jansen, *Nacht in Nunspeet*.
13 FD, Verslag Piet Dijkema; Karin, *Marinus Post*, 60-69 met een uitgebreid verslag op basis van de politieverhoren.
14 FD, Verslag Piet Dijkema; Karin, *Marinus Post*, 70 en 96.
15 FD, Verslag Piet Dijkema, 15-16; CV Klaas Simon Dijkema; OVCG, 'KP-daden in de provincie Groningen, augustus 1944'.
16 Karin, *Marinus Post*, 105-106.
17 Mazier, *Het onderduikerskamp*, 57.
18 FD, Herinneringen mw. L.M. Jansen-Wilhelm.
19 FD, Hanny Dijkema-Jansen, *Terug naar het noorden*.
20 FD, Herinneringen Alje Dijkema.
21 FD, Verzetsverklaring Hanny Dijkema-Jansen voor Stichting 1940-1945, 13-1-1971; Hanny Dijkema-Jansen, *Terug naar het noorden*.
22 FD, Hanny Dijkema-Jansen, *Enkele reis Lemmer*.
23 FD, Hanny Dijkema-Jansen, *De Borg Toepiloersma op Den Ham*.
24 FD, CV Klaas Simon Dijkema; Hanny Dijkema-Jansen, *Terug naar het noorden*.
25 FD, CV Simon Albert Dijkema; Over de problemen tussen de KP-groepen en het leiderschap, zie ook Boiten e.a., *Groningen in bezettingstijd*, 96.
26 Brinks, *Het Scholtenhuis* deel 1, 93. Piet was o.a. in februari 1945 bij een overleg aanwezig toen er net weer een belangrijke arrestatie was verricht, de arrestatie van Piet Schreuder (Kerssies, *Verzetsgroep Garrelsweer*, 131).
27 NIOD, brief van H. Antonides aan de redactie van *Mededelingen*, 2-1-1945 [1946]; FD, Verzetsverklaring Hanny Dijkema-Jansen, 13-1-1971; OVCG, Verslag reorganisatie verzetsbeweging, 11-6-1945; *Het grote gebod*, 432-434.
28 FD, Rapport van gebeurtenissen op de boerderij van Bosch, landbouwer te Dorkwerd; Rapport over de handelwijze van de groep Klaas Wigboldus; CV Klaas Simon Dijkema; Rapport Centraal Afwikkelingsbureau Binnenlandse Strijdkrachten, 10-1-1946; Jeugdherinneringen Hanny Dijkema-Jansen.

Herdenking

1 FD, Brief van Marja Dijkema aan Kamp Vught, 13-2-2004; Herinneringen mw. L. van den Bergh en Teunis Reint Albartus Simonides, 2013.
2 *Gedenkboek verzetsherdenkingskruis*, 16-17; Schulten, *'Zeg mij aan wien ik toebehoor'*, 16-21.
3 Informatie via www.niod.nl over Erelijst der Gevallenen; FD, Opgave voor de eerelijst der namen van hen, die voor het vaderland zijn gevallen, nr. 14207, R.A. Dijkema.
4 FD, Familieherinneringen 2003.
5 'Een kwart eeuw geleden'.
6 'Een goddelijke onderscheiding'.

7 FD, Verzetsrapport Hanny Dijkema-Jansen, medische verklaring, 13-1-1971; Buitengewone pensioenraad, 11-3-1971 en 26-6-1972 met diverse bijlagen.
8 FD, Familieherinneringen 2003.
9 FD, Familieherinneringen 2003; Interview met Thea Dijkema in *Eenmaal kindje, zul jij trots zijn*.
10 OVCG, inv.nr. 2183, Albartus Dijkema; FD, Aanvraag buitengewoon pensioen Stichting 1940-1945 voor Albartus Dijkema, 21-9-1978.
11 *Gedenkboek verzetsherdenkingskruis*, 19-20.
12 *Gedenkboek verzetsherdenkingskruis*, Register van Dragers Verzetsherdenkingskruis, 103; 'Prins Bernhard reikt verzetskruizen uit'; FD, Familieherinneringen 2003.
13 FD, Brief van Marja Dijkema aan Kamp Vught, 13-2-2004.
14 FD, Jeugdherinneringen Hanny Dijkema-Jansen en de verhalen *Nacht in Nunspeet*, *Terug naar het noorden*, *Enkele reis Lemmer* en *De Borg Toepiloersma op Den Ham* met daarbij aantekeningen over onderwerpen die ze nog wilde beschrijven, zoals o.a. het verblijf bij de familie Wolters in Dorkwerd.
15 FD, Brief van Marja Dijkema aan Kamp Vught, 13-2-2004; Toespraak van Marja Dijkema bij de onthulling van de Reint Dijkemastraat, 4-5-2005.

Na de oorlog

1 FD, Jan van der Wal aan Provinciaal Bestuur van Stichting 1940-1945 Groningen, 7-5-1946; Bossenbroek, *De Meelstreep* 485-487.
2 OVCG, inv.nr. 2183, C. van Veldhuizen en Harmannus Haan. Laatstgenoemde was een broer van Henk Haan, hij zou enkele weken later neergeschoten worden omdat SD-ers zijn broer niet konden vinden (Brinks, *Het Scholtenhuis* deel 1, 157-158).
3 FD, Brief van E.C. Dijkema-Riepma aan I. Knottnerus, 18-11-1945; Brief van gemeentebestuur Groningen, kennisgeving overlijden R.A. Dijkema, 15-11-1945.
4 FD, Schrift van Ina Knottnerus, toespraak G.B. Wierda.
5 FD, Schrift van Ina Knottnerus met alle teksten uit de rouwdienst, 28-11-1945.
6 'In memoriam', *Algemeen Groninger Studentenweekblad*.
7 'In memoriam', *De Vrije Nederlander*.
8 FD, Familieherinneringen 2003; Brand de Boer en Jonkman, *Militair gezag*, 102-104 over de rommelige opstartperiode van de Groningse POD; NIOD, 853, inv. nr. 9, map met verklaringen van verzetsdeelnemers, alle ondertekend en van categorie voorzien door Piet Dijkema.
9 NIOD, 251a, inv.nr. 1, brief van Piet Dijkema, 13-12-1946.
10 Goede, 'De bonnenkraak', 9 afleveringen.
11 FD, Brief van Jan van der Wal aan het Provinciaal Bestuur van Stichting 1940-1945 Groningen, 7-5-1946.
12 FD, Brief van de Buitengewone pensioenraad aan de Stichting 1940-1945 Amsterdam, 30-3-1950.
13 FD, Brief van het Commissariaat voor Oorlogsschade aan Piet Dijkema, 5-12-1951 en 1-11-1954; Over het Commissariaat voor Oorlogsschade, zie Bossenbroek, *De Meelstreep*, 397 e.v. en G. Aalders, *Berooid. De beroofde joden en het Nederlandse restitutiebeleid sinds 1945* (Amsterdam 2001) 205-207.
14 FD, Brief van het Provinciaal Bestuur Stichting 1940-1945 Groningen aan het Hoofdbestuur, 10-7-1950 met diverse bijlagen.
15 FD, Familieherinneringen 2003; Herinneringen mw. L. van den Bergh.
16 FD, Brief van Albartus Dijkema aan het Ministerie van Oorlog, 1-10-1947.
17 FD, *Com nu met sang*, 5-12-1943.
18 FD, Herinneringen mw. L. van den Bergh.

Bronnen

Alle illustraties zijn afkomstig uit het Familiearchief Dijkema, tenzij anders vermeld.

Archieven

Familiearchief Dijkema (FD)
Uitgebreide verzameling correspondentie, krantenknipsels en kopieën van stukken uit diverse archieven. De belangrijkste bronnen:

- De nalatenschap van Ina Knottnerus.
- Familieherinneringen 2003, opgehaald op verzoek van Thea Dijkema (dochter van Piet en Hanny Dijkema) met bijdragen van haar zussen Mieke Dijkema, Elske C. van der Vlis-Dijkema, Marja Dijkema, Annelies Dijkema, Klara Dijkema en broer Reint Dijkema; haar neef Reint Dijkema (zoon van Albartus Dijkema); haar ooms Albartus Dijkema en Simon Albert Dijkema; Alje Dijkema, neef van de gebroeders Dijkema, en Henk Molenhuis, bekende uit Siddeburen.
- Verslag van Piet Dijkema, opgesteld voor het afwikkelingswerk van de LO/LKP en als bijdrage voor *De Zwerver*, [ca. 1946-1948]. Het betreft de kladversie van het bijna gelijkluidende verslag bij het NIOD in archief 251a, inv.nr. 4.

Nationaal Archief (NA)

- Centraal Archief Bijzondere Rechtspleging (CABR)

Nederlands instituut voor oorlogs-, holocaust- en genocidestudies (NIOD)

- 123. Nationaal-Socialistische Beweging
- 251a. Stichting Landelijke Organisatie tot Hulp aan Onderduikers en Landelijke Knokploegen
- 853. Landelijke Organisatie tot Hulp aan Onderduikers en Landelijke Knokploegen en de LO LKP Stichting (aanvulling)

Stichting Oorlogs- en Verzetscentrum Groningen (OVCG)

- 2183. Systeemkaarten van verzetsbetrokkenen

Literatuur

Boiten, E.A.J. e.a. (red.), *Groningen in oorlogstijd. Aspecten van de bezettingsjaren 1940-1945* (Haren 1980)
Bos, K.G., *De gemeente Slochteren tijdens de Tweede Wereldoorlog* (Harkstede 1998)
Bossenbroek, M., *De Meelstreep. Terugkeer en opvang na de Tweede Wereldoorlog* (Amsterdam 2001)
Both, Nico de, *Het Groninger politiekorps in de Tweede Wereldoorlog* (Assen 2013)
Brand de Boer, Johan en Willem Jonkman, *Militair gezag in Groningen. Stad en provincie na de bevrijding april-oktober 1945* (Assen 1990)
Brinks, Monique, *Het Scholtenhuis 1940-1945. Deel 1: Daden* (Bedum 2009)
Brinks, Monique, *Het Scholtenhuis 1940-1945. Deel 2: Daders* (Bedum 2013)
Brinks, Monique, Jack Kooistra en Auke Piersma, *Represailles in Groningen 1940-1945* (Leeuwarden 2013)
Freriks, Philip, *Jantje, vertelling* (Schoorl 2005)
Frijtag Drabbe Künzel, Geraldien von, *Kamp Amersfoort* (z.p. 2003)
Gedenkboek verzetsherdenkingskruis waarin opgenomen register dragers verzetsherdenkingskruis (Alphen aan den Rijn 1985)
Het grote gebod. Gedenkboek van het verzet in LO en LKP (Kampen 1951) samenstelling H. van Riessen e.a.

Hoe Groningen streed. Provinciaal gedenkboek van het verzet 1940-1945 (Groningen z.j.)
Hovingh, Geert C., *Johannes Post, exponent van het verzet. Een biografie* (Kampen 1995)
Jager, Evert, 'Reint Dijkema – Verzetsheld', *Bie t Schildt*, deel 1 (2003) nr. 1, 2-7; deel 2 (2004) nr. 1, 15-20; deel 3 (2005) nr. 1, 7-12; deel 4 (2006) nr. 1, 15-21; deel 5 (2007) nr. 1, 42-45; deel 6 (2008) nr. 1, 4-10; deel 7 (2009) nr. 1, 6-14
Karin [Atie Visser], *Marinus Post alias Evert. Oorlogsherinneringen uit 1944* (Kampen 1999)
Kerssies, Ineke, *Verzetsgroep Garrelsweer. Luisterend naar de stem van hun geweten* (Bedum 2009)
Kooistra, Jack, en Albert Oosthoek, *Recht op wraak. Liquidaties in Nederland 1940-1945* (Leeuwarden 2009)
Kreuning, Karel, *'Ik heb het beste gewild.' Het verzetsleven van Klaas Roelof Woltjer (1917-1944)* (Amersfoort 2010)
Mazier, Wim, *Het onderduikerskamp in de Soerelse bossen. Een waar verhaal over het verzet in de Soerelse bossen* (Nunspeet 1990)

Moederliefde een vaderhart. Ter gelegenheid van vijftig jaar bevrijding, korte oorlogsverhalen 1945-1995 (Slochteren 1995)
Niemeijer, Jan A., *Donkere stad. Jeugdherinneringen aan de Tweede Wereldoorlog* (Haren 1990; 1e druk 1970)
Niemeijer, Jan A., *Groningen 1940-1945* (Bedum 2003, 5e druk)
Niemeijer, Jan A. en Ad. A.J. Mulder (red.), *Verzet in Groningen* (Groningen 1986)
Een onverzettelijke Groningse vrouw. Het levensverhaal van Siet Tammens, opgetekend door Marius de Smet (Zutphen 2000)
Schaap, Inger, *Sluipmoordenaars. De Silbertanne-moorden in Nederland, 1943-1944* (Hilversum 2010)
Schulten, C.M., *'Zeg mij aan wien ik toebehoor'. Het verzetskruis 1940-1945* (1993)
Schwegman, Marjan, *Het stille verzet. Vrouwen in illegale organisaties: Nederland 1940-1945* (Amsterdam 1980)
Vries, Anne de, *De levensroman van Johannes Post* (Kampen z.j.; 1e druk 1948)
Winkel, Lydia E. (herziene editie door Hans de Vries), *De ondergrondse pers 1940-1945* (Amsterdam 1989)

Krantenartikelen

'Begrafenis K. Dijkema', *Nieuwsblad van het Noorden*, 1-5-1942
'Bijna heel Bedum dacht dat ik 'n vuile, fanatieke NSB-er was', *Nieuwsblad van het Noorden*, 7-11-1980
'De bankoverval te Wildervank in 1944', *De Vrije Nederlander*, 11-12-1945
'Een goddelijke onderscheiding', interview met Albartus Dijkema, datum onbekend
'Een kwart eeuw geleden: de overval in Slochteren', *Nieuwsblad van het Noorden*, 19-7-1969
Goede, Ad, 'De bonnenkraak bij Drukkerij Hoitsema te Groningen', deel 1-9, *Bonnen komen uit het Noorden*
'Groningen vierde in 1943 een bange oudejaarsavond', *Nieuwsblad van het Noorden*, 31-12-1968
'In memoriam', *Algemeen Groninger Studentenweekblad "Der Clercke Cronike"*, 30-11-1945 [door Harry Niemeijer]
'In memoriam', *De Vrije Nederlander*, 11-12-1945
'In memoriam', *De Vrije Woldstreek*, 27-4-1946
'In memoriam', *De Zwerver*, 13-4-1945 [door H. Antonides]
'In memoriam', *De Zwerver*, 15-10-1948 [door Piet van Slochteren]
'In memoriam', *Nieuwe Provinciale Groninger Courant*, 25-10-1948
'In memoriam', *VERA. Orgaan van het Corpus Studiosorum Reformatorum Groningae*, 7-12-1945 [door C. Dirk K.]
'Laffe sluipmoord in Groningen', *Nieuwsblad van het Noorden*, 4-1-1944
'Prins Bernhard reikt verzetskruizen uit', *Nieuwsblad van het Noorden*, 21-4-1982
'Reint Albartus Dijkema', *Weekblad Trouw*, 5-1-1946